騎士服の花嫁

Ayame Hanakawado
花川戸菖蒲

Honey Novel

Illustration

アオイ冬子

CONTENTS

港町グラーツェン。

ボルトア大陸南端の半島を国土とするセフェルナル王国の、そのまた南端にあるグラーツェンは、春の今、特産のリモネンやオランジュが花盛りを迎えている。甘酸っぱい花の香りで満たされた町は、今が一年で最も美しい。

碧《あお》い海、青い空、長く続く真っ白な砂浜。その浜を断ち切るように、海へと崖《がけ》が突きでている。風光明媚《ふうこうめいび》なグラーツェンを一望の下《もと》に見下ろせる、その小高い丘の上に建っているのは、皇太子夫妻が常の住まいとしている海の離宮だ。その離宮の裏手の森を、海へ向かってずんずんと進んでいくと、崖の手前にぽっかりと開けた場所がある。ほとんど人の来ないここは、ディアデ・ブリュッケンのお気に入りの場所だ。

ディアデは二十一歳。肩までの髪は濃く抽出《ちゅうしゅつ》した紅茶のような色をしていて、いつもそれを後ろで一つにくくっている。癖のないさらさらの髪だから、髪紐《かみひも》がすぐにずり落ちてくることが小さい頃からの悩みだ。翠玉《すいぎょく》のような緑色の瞳《ひとみ》には、常に前だけを見つめて進む、意志の強さが伝わってくるような力がある。いつもきりりと引き締められている唇は、生まれてこのかた、紅《べに》など差したことがないが、形も血色もよくて美しい。ドレスではなくシャツに短ズボン、腰まで隠れる上着という制服を身につけているディアデは、シスレシアの元第二王女、現在は昨日結婚式を挙げ、セフェルナルの皇太子妃となったグリューデリンドの侍衛騎士だ。

「昨日もよく晴れて、よい結婚式日和《びより》だった。殿下は今頃、どのあたりにおられるのか……」

リモネンの花の香りを深く胸に吸い込んで、ディアデはほほ笑んだ。昨日の女主人の花嫁姿を思いだすと、それだけで胸が熱くなる。セフェルナルの人々はグリューデリンド……、リンディを春の女神だと呼んでいるが、本当に女神のように美しかった。リンディとその夫、セフェルナル王国皇太子のアルナルドは、そのまま国民への披露目《ひろめ》で国内巡啓の旅に出たので、戻ってくるまでの半月間、ディアデは休暇を貰《もら》ったのだ。

「無人島で休暇を過ごすような気分だな……」

一人呟《つぶや》いて、ディアデは寂しく笑った。リンディの侍衛騎士だというのに警護にも就かず……、いや、正確には就けず、友人の一人もいないグラーツェンでの休暇。まさに置いてけぼりという心境だ。これが十八年間、片時もリンディのそばを離れず警護をしてきた誇り高き侍衛騎士の現状かと思うと、無様だなと思うのだ。ため息をこぼして伏せていた顔を上げると、視界いっぱいに紺碧《こんぺき》の海が飛びこんできた。

「ああ……、美しいな……」

独りぼっちを慰めてくれるような、優しい春の海だった。リンディにつき従って故国シスレシアを離れ、セフェルナルにやってきてまだ一年も経《た》っていないから、春の海は初めて見る。ぎらぎらと陽光を反射する夏の海や、荒々しい波を立てる冬の海とも違って、春の海は本当に穏やかで心に優しい。ふとディアデの心に、昨日数ヶ月ぶりに顔を見た男が浮かんだ。なぜ今あいつの顔を思いだす？　と首を傾《かし》げてしばし考えたディアデは、そうか、と気づいた。

「似ているんだな。コンラートと春の海は」

コンラート・ザウアー。シスレシア王国の近衛《このえ》兵隊長《へいたいちょう》だ。ザウアー侯爵家の長男で、コンラート自身、ザウアー伯爵という身分を持つ。兵士だから宮廷貴族たちと違ってきびきびと動くし、甘ったるい言葉もついぞ吐いたことがないが、美男子であることは間違いがない。いつも清潔に整えている濃茶の髪や、穏やかな性格をよく映している茶色の瞳、機敏な動作であっても物腰が優雅なところや、決して乱暴な言葉を使ったり、早口で雑に話したりしないところに穏健な性格が表れていて、コンラートのような男を紳士というのだとディアデは思っている。ディアデより二つ年上の二十三歳で、近衛兵学校の時からもう十年もともに王室に仕えてきた、よき同僚であり幼なじみだ。

「せっかくセフェルナルまで来たというのに、王都からは海が見えないからな」

シスレシアはボルトア大陸のほぼ中央に位置しているから、当然海がない。ディアデがセフェルナルに来て初めて海を目にしたように、コンラートも海を見たことがないはずだ。昨日の結婚式にはリンディの実兄であるシスレシア国王も参列したから、王の警護が任務であるコンラートも、もちろんセフェルナルに来ていた。今朝《けさ》には国王一行は王都ディーレを発《た》ってシスレシアへ向かっているはずだ。

「昼過ぎか……まだ国境までは行っていないだろうな。本当にこの海をコンラートに見せたかった」

そう呟いてため息をついた時だ。

「今見せてもらっている。初めて海を見るが、なるほど圧倒される眺めだな」

「……っ!?」

絶対に聞こえるはずのない声が聞こえて、ディアデは本当に飛び上がるほど驚いて振り返った。

「…コンラート！　な、なぜっ、どうしておまえがここにいる!?」

「ああ。皇太子夫妻が戻られるまで、ディアデは王都で休暇を過ごすのだと思っていた。ところが昨日、妃殿下をお見送りしてすぐに離宮に帰ってしまったと、今朝聞いたんだ。だからこうして、追いかけてきた」

「だからなぜわたしを追いかけてくる!?　おまえは近衛兵隊長だろうっ、国王陛下の警護はどうした!?」

「いやぁ、皇太子殿下の側近のカッジオ殿にグラーツェンまで同行させていただいたのだが、道もない森や川や山を、しかも駈足《かけあし》で走ってきた。野戦訓練でもしているのかと疑ったほどだ」

そう言って苦笑を浮かべたコンラートに、セフェルナルの兵は道を無視するのだと律儀に答えたディアデは、混乱したまま尋ねた。

「それよりちゃんと答えろ、なぜおまえがわたしを追ってくるのだ⁉　国王の警護はっ…」

「ああ。ディアデに求婚をするためだ」

「……求婚？」

にっこりと、女性という女性が頬《ほお》を染めるような素敵な笑顔でコンラートは言うのだ。ディアデは言われたことがまったく理解できなかった。キュウコンと言われたが、求婚ではなく球根だろうかと考える。わたしと花を植えたいのか？　まさか、そんな理由で王の警護を放ってここまで来るはずがない。それなら本当に求婚と言ったのか？

(そんなわけがない。わたしとコンラートは信頼のおける兵仲間であり、幼なじみ、ただそれだけの関係だ)

それならキュウコンとはなんだ。

生真面目《きまじめ》に混乱するディアデは、眉《まゆ》を寄せて棒立ちでコンラートを凝視した。コンラートは再びにっこりとほほ笑むと、ザウアー侯爵家の長男らしく、きっちりと上品に紳士的にディアデの前に片膝《かたひざ》をつき、胸に右手を当てて言った。

「ブリュッケン伯爵令嬢ディアデ。どうかわたしと結婚し、わたしの妻になってください」

「……、…なにっ!?」

「あなたの笑顔と眼差《まなざ》しが、いつもわたしに幸福を与えてくれました。どうかディアデ、これからも、わたしの心を明るくする笑顔と、わたしの疲れを癒《い》やしてくれる眼差しで、わたしを幸福にしてください」

「おい……、おい、おい、コンラート?」

「愛《いと》しいディアデ、もしもわたしの妻になってくれるのなら、わたしは生涯をかけてあなたの笑顔と安寧《あんねい》を守ります。あなたの望む幸福を、わたしのすべてを投げ打ってでもあなたに捧《ささ》げます。父祖王と、天地の神々に、今ここで誓います。ディアデ。わたしと結婚してください」

「……」

これ以上はなく正統に結婚を申し入れたコンラートを、ディアデは真剣な表情で凝視した。コンラートはまさしく春のように穏やかな微笑を浮かべている。その目を覗《のぞ》きこみ、充血はないな、と確認をした。それからコンラートのあごに手をかけ、無理やりに口を開けさせると中を検分する。口中に腫《は》れやただれは見られない。最後にコンラートの額に手をやって、熱もないことを確認すると、眉を寄せてディアデは低く尋ねた。

「コンラート。正気、か……?」

「ああ。いたって正気だ」

「いや、正気ではないぞ。なにか体に合わないものでも口にしたか？　熱はないようだが神経がおかしくなっている」

「どうしてそう思うんだ」

微苦笑をして尋ねるコンラートに、ディアデはますます真剣な表情で答えた。

「第一にだ。おまえのような男、つまりは次のザウアー侯爵となり国政に携わるような男は、常識として良家の令嬢を妻に迎えるものだからだ」

「ディアデも伯爵令嬢だろう。家柄についてはなんの問題もない」

「今は妃殿下の侍衛騎士で令嬢ではない。おまえと同じようにズボンを穿《は》いて兵として働く女だ。誠におまえが正気なら、日にも焼けていない白い肌と手入れの行き届いた小さな手を持ち、長い髪を美しく結い上げて、まるで拘束されているように体を締めつけ、足にまとわりつくドレスを、風でもまとっているように難なく着こなし、針を持つといえば繕いのためではなく刺繍《ししゆう》やレース編みのためで、そしてなにより美しくたおやかな女性に求婚をするはずだ。わたしはそのすべてから外れている。そんなわたしに求婚するなど、神経がどうかしてしまったからに決まっているではないか」

ディアデはそう言って、殿医に診《み》てもらうべきだと真面目に進言した。しかしコンラートは今度は爽《さわ》やかな風のような笑みを浮かべて言ったのだ。

「ディアデ。わたしはいたって正気だ。真剣に、おまえに求婚している。なにかの病《やまい》に罹《かか》っているというなら、恋の病だろう」

「だからそれが正気の沙汰《さた》ではないというのだ。本当におまえが正気なら、このような日常着を着たわたしに、このような海風の吹きさらす崖っぷちで求婚などするわけがない。おまえが本物のザウアー伯爵で、真実正気なら、月の美しい夜にバラが満開の庭園で求婚をするに決まっている。おまえはふざけ半分に耳元で愛を囁《ささや》くような、浮ついた宮廷貴族どもより、よほど紳士で貴公子だからな」

「そんなふうに思ってくれていたのか、嬉《うれ》しいな。わかった、では今宵《こよい》、バラ園に来てくれ。そこでおまえの望むとおりの求婚をする」

「……わたしが思っているより深刻な病状かもしれない。コンラート、早く殿医のところへ」

ディアデが顔色まで青くして言う。とうとうコンラートは小さく笑ってしまった。

「ディアデ、わたしは正気だ。どこも悪くない」

「病人は皆そう言うのだ。いいかコンラート。おまえが正気ではない証拠に、わたしたちは交際をしていないどころか、ただの同僚だろう。ただの同僚に求婚をするというのは、正気ではないからだ」

「なるほどな。たしかにこれは、アルナルド皇太子殿下のおっしゃったとおりだ」

コンラートがふっと顔を伏せて苦笑をする。ディアデはたちまち眉を寄せた。

「アルナルド皇太子殿下だと？　まさかあの男、いや失言だ、皇太子殿下になにかを吹きこまれたのか!?」

「いいや、なにも吹きこまれてはいない。ただわたしは、昨年の秋に、おまえに婚約指輪を渡した。おまえは指輪を美しいと言って、喜んで受け取ってくれたはずだ。それを忘れているのではないかと、そのようなことをおっしゃった」

「こ、婚約指輪だと!?」

ディアデは心底仰天して、胸元にバッと手を当てた。服の下にはたしかに、昨秋にコンラートからもらった指輪が、紐を通して首から提《さ》げてある。だがこれは婚約指輪ではないはずだ。あの時コンラートは婚約指輪だとも言わずによこしたではないか!!　そう思うも動揺して視線をさまよわせるディアデに、コンラートは笑いながら言った。

「十三の時におまえに出会ってから、今日までずっとおまえのことが好きだった。十年だ。十年おまえのことだけを想《おも》ってきた」

「待て、待てコンラート…っ」

「ずっとおまえのそばにいたし、おまえもそれを受け入れてくれたから、てっきりわたしたちは交際をしているのだと思っていた」

「それはたしかにっ、常にともにいたがっ」

「グリューデリンド王女殿下が、ああ今は皇太子妃殿下になられたのだった。妃殿下がご結婚なさったら、その期に求婚するつもりでいたんだ。それがまさかセフェルナルへ嫁《とつ》がれるとは思ってもいなかったから、予定が狂ってしまった」

「ああ、わたしだってこんなことになるとは思ってもいなかった」

なにしろリンディとアルナルドの出会いは、社交界を通しての見合いという順当なものではなかった。八ヶ月前にシスレシアに侵攻してきたセフェルナルによって、リンディは手《て》土産《みやげ》としてアルナルドに略奪されたようなものなのだ。夜半に攻め入ってきたアルナルドは、夜明けにはリンディをセフェルナルへ持ち帰ってしまった。リンディの騎士であるディアデも当然、女主人についてシスレシアを出たが、それが生涯をセフェルナルで過ごす始まりになるとは思ってもいなかった。

誠に人生とは思いもよらぬことが起きるものだと思ってため息をこぼしたディアデに、コンラートのほうはひどく爽やかに言った。

「今回を逃したら、今度はいつおまえに会えるかわからない。だから今日、求婚をした」

「だから…と言われても、わたしはおまえと交際していたつもりはないし、今でも同僚だと思っているし……、その、指輪はたしかに受け取ったが、婚約指輪、だとは思わなかった、から……」

「そうか。ではまず求婚を受けてくれ。それからおまえの考える交際をやり直せば問題はなくなる」

「いやコンラート、それはおかしいぞっ。走り込みをしたあとで柔軟体操をするくらい、順序が逆だっ」

「わたしにとっては順当なんだが。十年毎日おまえと食事をし、お茶も飲み、庭園を歩きながら話もした。おまえが親しく付き合う男はわたしだけだったから、てっきりわたしたちは交際をしているのだと思っていたんだ。しかしそうではないと言うのなら、おまえの考える交際というものをやり直せばいいだろう。たとえばどういうことをしたいんだ」

「どういうって…っ。とにかく順序がおかしいと言っている！　婚約をしてから交際をしたところで、結局は婚約にいたるのではないかっ！」

「それで正解だからいいだろう？」

「正解って!?」

「おまえはわたしのことが嫌いなのか？」

「馬鹿を言うな、好きだっ！」

ズバーンと答えたディアデだ。聞いたコンラートが、よかったと言って、嬉しそうに爽やかにほほ笑む。あれ!?　と思ったディアデは、ひどく焦りながら言った。

「……あ、いや、おまえのことは好きだ、好きだがしかし、だからといって求婚など、結婚など…っ」

「わたしのことが好きならディアデ、どうか求婚を受け入れてくれ」

「よせ、やめろっ」

ディアデの手を恭《うやうや》しく取ったコンラートが、そのまま指先に口づけてこようとしたのだ。よもや騎士の自分が姫君のように扱われるとは思ってもみなかった。仰天して思わず手を振り払い、後ずさった。コンラートは訝《いぶか》しそうな表情で立ち上がると、ディアデが下がった分、きっちりと間合いを詰めてくる。

「ディアデ、親愛のキスくらい許してくれないか」

「いや結構だ、キスをくれなくともおまえの気持ちはわかっているっ」

「そうか、求婚を受けてくれるのだな？」

「そっちではない、親愛の気持ちはわかっていると言っているのだっ、よせ、近寄ってくるなっ」

「近づかなければキスができない」

「しなくてもいいっ、おい、おいっ、本当に来るなっ」

「では逃げるな」

「逃げてなどいないっ」

逃げるなど騎士にあるまじきことだからそう言ったものの、自分が逃げていることはディアデが一番わかっている。こんな事態はまったく想定していなかったし、一言で言って困るのだ。またしても後ずさったディアデに、コンラートが、あっ、と言った。

「ディアデ、それ以上下がるなっ」

「来るなっ…、…!?」

さっとコンラートが間合いを詰めてきたものだから、ディアデもさっと後ろへ下がり……空間を踏み抜いた。勢いよく体が後ろに倒れていく。本当に崖っぷちにいたことに気づかず、ディアデは思いきり潔《いさぎよ》く崖を踏み外したのだ。

「う…わ…っ」

「ディアデっ!!」

もうどうやっても元に戻れないほど体勢を崩したディアデの手を、コンラートがギリギリのところで摑《つか》んだ。けれどコンラートも崖から思いきり身を乗りだしているし、ディアデは全体重をかけて自由落下に入っている。コンラートの踏ん張りもきかず、二人は崖下の海へ、手を握り合ったまま落ちていった。ドバーンと海中に沈む。さすがに手を離し、驚くほどの透明度の海に感心しながら、水面目指して水をかくと、コンラートが必死の形相で腕を伸ばしてきた。ディアデを心配し、助けようという気持ちが痛いほど伝わってくるが、誰のせいでこうなったのだと思うと、頭が煮えるような怒りが湧《わ》く。水の中でコンラートを睨《にら》みつけて思った。

(こんな無様な求婚があるか……っ)

どうしてこうなったんだ、と猛烈に腹を立てながら、ディアデは八ヶ月前のことを思いだしていた。

八ヶ月前——。

ディアデの故国シスレシア王国は、闇討《やみう》ち同然の卑怯《ひきょう》な方法で、セフェルナル王国のいくつもの農村に火を放った。その報復で攻め入ってきたアルナルドたちに、呆気《あっけ》ないほど簡単に王宮を制圧されたのだ。当時第二王女だったグリューデリンドは、家族の命を助けてもらう代わりに、アルナルドの慰み者になることを了承した。そのまま、たとえでもなんでもなく体一つで、ほとんどアルナルドにさらわれるようにしてセフェルナルへ下ったのだ。

当然ディアデもリンディにつき従ってセフェルナルへ赴いた。リンディがついてくるように命じたのでは決してない。ディアデ自らついていくことを決めたのだ。ディアデにとってリンディは女主人というだけではなく、最愛の女性だ。ディアデは第二王女の遊び相手として、物心がつく前からリンディのそばにいた。天使など足下にも及ばないほど愛くるしくて利発なリンディのそばにずっといたくて、守ってあげたくて、十一歳の時にはリンディの侍衛兵になるべく、自分から近衛兵学校への入学を決めたほどだ。リンディもディアデを片時も離さず、甘え、頼りにし、成人を迎えた十六歳の時に、正式にディアデに騎士の称号を与え、生涯リンディのそばにいることを許してくれたのだ。

だからリンディが、当時は蛮族の住む下等な国と思っていたセフェルナルへ行くことになった時も、一瞬の迷いもなくつき従うことを決めていた。そうしてセフェルナルにやってきたのは、夏の盛りだった。

(風土病……、そうとも、殿下は風土病に罹られたとしか考えられない……!)

港町グラーツェンの海の離宮。談話室でリンディとともにセフェルナル語を学びながら、ディアデは真剣にそう思った。

なにしろこの世の美をすべて集めて作られたといっても過言ではないほど美しく、気品にあふれたリンディが、野党の頭目としか思えないほど野蛮で下品なアルナルドとの結婚を決めてしまったのだ。ディアデには理解不能なことだった。病でリンディの神経がどうかしてしまったのだと考えなければ、とうてい納得できないことだ。

(しかし殿下があの男をそばに置くことをお許しになったのだから、騎士であるわたしにはなにを言うことも許されない)

どれほどリンディにアルナルドがふさわしくないと思っても、諦《あきら》めるしかないのだ。こうなった以上、あの男が皇太子にあるまじき粗野なことをリンディにしないよう、これまで以上に気合いを入れてリンディを守らなければ、と思った。

開け放たれた窓から風が吹き抜けていく。シスレシアの乾いた風とは違う、湿った海風だ。ディアデは教科書に視線を落としてため息を呑《の》みこんだ。セフェルナル語には、見たこともない記号のような文字や発音記号がたくさんある。シスレシアにいた頃は、どの国へ行こうがシスレシア語でたいてい通じたから、今さら他国の言語を学ぶことになるとは思ってもいなかった。脳から汗が出ているような気がして、ちらりとリンディを窺《うかが》うと、こちらは涼しい顔ですでに簡単なセフェルナル語で教師と会話している。さすが王女殿下は優秀でいらっしゃると思い、比べて自分の出来の悪さに嫌気が差した。

（しかしセフェルナルで暮らしていくのだから……）

なんとしても言葉を習得しなくてはならない。こちらへ来る時は三ヶ月でシスレシアへ戻れるとリンディ共々思っていたが、なにがどうなったのか、結婚だ。リンディは皇太子と結婚するのだ。一生セフェルナルで暮らすことになったのだ。となればリンディの騎士である自分もセフェルナルで生涯を過ごすことになる。言葉の習得は必須だ。そこでリンディが、一緒にセフェルナル語を学びましょうと誘ってくれて、恐れ多くも机を並べることになったのだった。

「それでは、あなたの、家族のことを、教えてください」

教師がゆっくりはっきりとしたセフェルナル語で、ディアデに質問をしてくる。ビクッとしたディアデは、たちまち汗がにじんでくるのを感じながら、しどろもどろに答えた。

「わ、わたし、家族は、父、母、大きい兄、小さい兄、ええと、ええと……」

「姉は『アネ』、弟は『オトウト』よ」

こそっとリンディが助け船を出してくれる。ディアデはこくこくとうなずいて続けた。

「ええと…、一つの姉と、一つの弟が、あります…っ」

なんとか答えると、教師がほほ笑んで訂正してくれた。

「一つの姉ではなく、姉が一人ですね。あります、ではなく、います、と言いましょう。『姉が一人と、弟が一人、います』。言ってみてください」

「あ、あ、姉が一人と、弟が、一人、いますっ」

「はい、とても結構です。明日はもう少し詳しい自己紹介をしてみてください。黒板に書いてきてもいいですよ。王女殿下におかれましては、ご結婚の儀式がございますので、儀式で必要な古語もお教え申し上げさせていただきます」

ありがとう、とリンディが答えるのを聞いて、ディアデはゾッとしてしまった。古語！自分だったらこれ以上未知の言葉を教えこまれたら、重圧で口が利けなくなるだろうと思った。シスレシア語では、一人も一つも「一」という単語だけですんだが、セフェルナル語ではそうではない。一個とか、一本とか、なにを数えるかによって言い方も変わるのだ。ディアデは、お茶を一杯ください、と頼む時ですら、これで合っているのかと冷や汗をにじませながら言っているのに、この上さらに古語!! 王女殿下は本当に大変だと思う傍ら、二人きりの時はシスレシア語で会話をしているから、それでいくらかでも息抜きになってくれたらいいとディアデは思っている。それだけでも、自分がここにいる意味はあると思うのだ。

勉強のあとの休憩のお茶を飲んでいると、小間使いがやってきて、イル＝ラーイがお呼びです、とリンディに言った。イル＝ラーイとはアルナルドに対する尊称だ。アルナルドに近しい者は名前で呼ぶが、臣下や使用人はイル＝ラーイとアルナルドを呼ぶ。リンディは小間使いにうなずいてみせると、ディアデに向けて、なんとも感情の読み取れない、言ってみれば王女のほほ笑みとでもいうような、静かな微笑を浮かべて言った。

「結婚式に招待するかたの相談があるの。アルナルドのところへ行くわ」

つまり執務室へ行くということだろう。王族の公用の部屋には、ここがたとえシスレシアであっても騎士の身分で入ることは許されない。ディアデは立ち上がってリンディに言った。

「ではわたしは剣の鍛錬に参ります。午後のお茶の時間にお部屋に伺います」

「そうね。ディアデとお喋《しゃべ》りするのを楽しみにしているわ。やはりシスレシア語だと肩が凝らないものね」

「はい、殿下っ。わたしも楽しみにしておりますっ」

リンディから嬉しいことを言われて、言葉の学習で疲れきっていた体に活力が湧いた。自分とリンディがシスレシア語で会話を交わすことは、離宮の人々からほほ笑みとともに黙認されている。セフェルナル語を身につけなければならない立場で、本当は母国語を使うことはよくないことだ。けれど自分はリンディの騎士で、特別な関係だから許されているのだろう。そう思うと優越感にも似た満足感に満たされるのだ。

（もちろんセフェルナル語も会得する、早急にだ！　言葉も使えない騎士などと言われたら、殿下にご迷惑がかかるからなっ）

そう思いながら、部屋を出ていくリンディを頭を下げて見送った。言葉の教師も出ていき、一人になってディアデはふとため息をついた。シスレシアにいた頃は、たとえば王や皇太子の部屋へリンディが行く時は、部屋の扉の前まで警護としてついていっていた。けれどここでは、未来の皇太子妃であるリンディには、すでにセフェルナルの近衛兵が警護としてついている。ここで自分がシスレシアにいた時と同じように振る舞って離宮の秩序を乱したら、嫁ぐ身のリンディの評価が下がると思うのだ。

「殿下は殿下のなさることをなさっている。わたしもわたしのすべきことをするのみ」

呟いて、部屋を出た。

いったん自分の部屋に戻り、リンディデザインの華美な騎士の制服から、汚そうが破れようが気にする必要のない運動着に着替えた。

「訓練場はどこにあるのか……」

誰かに聞かねばと思いながら部屋を出て、使用人たちがいる宮殿西側へ向かって歩いた。

セフェルナルに来てからこちら、早朝は離宮の周りに広がっている果樹園をグルッと回って走ったり、途中の野原で筋力を上げる訓練をしていた。自分はシスレシア人だし、セフェルナルの軍には入っていないし、軍の施設を使うことがためらわれたからだ。けれどこれでは剣や組み手の訓練ができない。リンディが結婚準備に突入して、そばにつく時間が激減したことだし、もし拒否されなければ軍の訓練に混ぜてもらおうと思った。

「あ…、ものを、尋ねるます」

通路の途中で、窓掛けを調節している使用人に出会ったので、声をかけた。いかにも言葉を学習中といった片言だが、使用人は馬鹿にする表情も浮かべずに、ディアデに笑顔を向けた。

「はい、ディアデ様、なんでしょう？」

「近衛兵、訓練は、どこにありますか？」

「訓練……」

使用人は少し考えて、にこっと笑って言った。

「訓練場、ですか？」

「はい、訓練場」

「訓練場は、離宮の、北の、外れです。外れ……えーと、端です。わかりますか？」

「は、端……外れ……？」

「うんと……、離宮の、一番、北に、あります」

「ああ、一番、北！　外れ、わかりましたっ。ありがとうございます」

「どういたしまして」

話が通じて、お互いほっとして笑みを交わした。離宮を出て、教えてもらったとおりに庭園を北へ向かって進み、林と森を抜けたところで、果樹園と隣り合うように建っている兵舎らしきものを見つけた。

「驚いたな……。離宮とはいえ皇太子の常の住まいだというのに、城壁もないのか……」

町の街道から離宮の表玄関へ向かうとちゃんと城門もあるが、門に続いている壁は庭園のどこかで途切れているようだ。王都の王宮はきちんと城壁で囲まれていたが、と思ったディアデは、ふっと笑った。

「ここにはあの男が住んでいるのだ、城壁などかえって邪魔ということか」

あの男……アルナルドだ。魔王の異名を持つほどの戦闘能力があるあの男は、たとえ盗賊の一団が襲ってきたとしても、ものの数分で全滅させてしまうことだろう。あの男自身が離宮の城壁のようなものだ、と思った。

森を出ると、そこからは運動場になっているらしく、白茶けた色の土の広場が兵舎まで続いている。向こうのほうで兵たちが体操をしている様子が見えた。ディアデは足早に運動場を突っ切り、兵たちの前に回った。

「すみませんが」

ディアデが声をかけたとたんだ。兵たちは目を丸くすると、急いで姿勢を正し、まるでリンディに対する時のように、直立不動の敬礼を取ったのだ。ディアデは仰天した。自分は礼を受けるような立場でも身分でもない。しかも外国人、ほんの一月《ひとつき》前まで敵国の兵士だった人間だ。歓迎されないことは予想していたが、まさか淑女《しゅくじょ》に対するような扱いを受けるとは思ってもいなかった。

（そうだ、以前殿下が、セフェルナルには貴族はいないのだとおっしゃっていた）

ということは、セフェルナルでは女性は皆、淑女として扱うのだろうかと思い、慌てて言った。

「わたしは、女と、違うます。グリューデリンド王女殿下の、騎士です。わたしは、兵士に、使ってください」

知っている言葉を駆使して言ってみると、なんとか言いたいことは伝わったようだ。みな直立不動を崩さなかったが、困ったような目をディアデに向けてきたからだ。ディアデも困惑した。シスレシアの元近衛兵である自分に、怒りや嫌悪ではなく、困ったような眼差しを向けるとはどういうことだろう。内心で首を傾げながら、重ねて言った。

「近衛兵隊長は、どこですか」

すぐ目の前の兵士が、さっと兵舎の出入り口を示した。振り返ると、兵隊長らしい男が出てくるところだ。ディアデは兵士たちに敬礼をして、兵隊長のそばへ行った。

「近衛兵隊長殿ですか」

「はい、わたしが兵隊長です、ディアデ嬢」

答えた兵隊長まで、姿勢を正してディアデに敬礼をする。しかも、ディアデ嬢、と呼ばれた。ここまではっきりと女性、それも淑女扱いをされたのは初めてで、ディアデは困惑を深めながら兵隊長に言った。

「わたしは、兵です。女と、違うます。兵で、相手をして、ください」

「はぁ……」

「兵隊長に、お願いです。兵の、練習、わたしも、したいです。一緒に、練習、お願いします」

「あ、いや、しかし……」

兵隊長ははっきりと困り顔をして続けた。

「我がセフェルナルとシスレシアでは、剣の流儀が違いすぎます。手合わせはできかねます」

「……あ……」

ディアデははっとした。アルナルドたちが王宮に攻め入ってきた時、初めて剣を交えたが、たしかにセフェルナルの使っている刀剣は幅広で、剣というより太刀《たち》だった。対してシスレシアの剣は細身の剣だ。シスレシアの剣が突く、手数と技で攻める流儀なら、セフェルナルの剣は叩《たた》き切る、相手の剣をはね除《の》け、一撃必殺の力で攻める流儀だ。まったく見事なまでに相反する剣術だった。

（手合わせをお願いするとなったら、当然、わたしがセフェルナルの流儀に則《のつと》るわけだが……）

そうするとなると、太刀の扱い方から始まる基礎を、それこそ一から教えてもらわなくてはならない。興味はあるから教えてもらいたいところだが、まさか兵学校に入るわけにはいかないし、だからといって一対一で教えてもらうのも、相手に負担がかかるし、第一それをやっていたらリンディの警護に就けない。本末転倒だ。うーむ、と考えていたら、兵隊長の、ますます困った、という顔が目に入った。兵隊長自身、子供に教えるように一から教えますから、とも言えないのだろう。ディアデは言った。

「迷惑に、なることを、言いました。申し訳ありません」

「ああ、いえ……」

「剣は、一人で、練習します。体の、練習……、ええと、体操、走る、力を持つ、の練習……」

「日常鍛錬ですか」

「そう、はい、日常鍛錬。それを、一緒に、やりたいです」

「えっ、日常鍛錬を……。申し訳ないが、ディアデ嬢、それも……」

兵隊長は弱りきった表情で言葉を濁すのだ。ディアデはムッと眉を寄せた。言いたいことがあるなら言えばいいのに、即断即決を求められる兵らしくないと思い、言った。

「はっきり、言ってください。わたしは、日常鍛錬すると、なにが、困りますか」

「ああ……、それでははっきり申し上げますが。ディアデ嬢が日常鍛錬をなさると、胸が揺れます」

「はっ!?」

「ここには男しかおりません。ディアデ嬢の揺れる胸は、皆の気を散らします」

「……」

ディアデは意に反して思いきり赤面してしまった。胸が揺れる、などということは生まれて初めて言われたし、しかも相手は初対面の兵隊長、男だ。動揺してほかの兵たちを見ると、皆あからさまに視線を逸《そ》らすのだ。まさか胸を見られていたのか!? と思い、ますます動揺しながら、ディアデはなんとか答えた。

「そ、それは、申し訳ありませんでした、そのことは、わたしは、思っていませんでした」

「こちらこそ、不躾《ぶしつけ》を申しまして申し訳ございません」

「いいえ、謝るは、いりません。邪魔をしました、相手を、ありがとう」

謝って、逃げるようにその場を離れた。

(む、胸がっ、揺れるからだと…!?)

率直に共同鍛錬ができない理由を言えとは言ったが、予想の遙《はる》か上を行く率直すぎる答えだった。怒っているのか傷ついているのか、自分でもわからない動揺を抱え、ディアデは離宮の裏手の小山をずんずんと歩いた。

(シスレシアにいた頃は、兵学校時代から、男女を区別するようなこと、しかもあからさまに身体的なことを言われたことはなかったというのに…っ)

女の兵は、女性王族の警護に就く者と書類仕事をする者だけに限られていたとはいえ、初級訓練はそれこそ男女ともに同じことを行っていた。兵学校に入校して以来、なにかと世話を焼いてくれたコンラートだって、未《いま》だかつて一度もディアデを「女」として扱ったことはない。上官だって同僚だって、兵士は兵士、ただそれだけ、という扱いだった。

(それなのに……)

さきほどの兵隊長から、女だからだめ、と言われたらいくらでも反論できたが、胸が揺れるからだめ、という理由を言われてはどう反論もできない。男女差別ではないとディアデもわかっている。兵隊長は、胸が揺れなければ共同鍛錬をしてもいいという意味で言っていた。つまりは単純な肉体差別だ。それはシスレシアの軍にもあった。身長が何フェルト以下は近衛兵になれない、というような。それでも悔しくて、ディアデは唇を噛《か》んだ。

森を抜け、小山のてっぺんに出て、ディアデはあっと息を呑んだ。目の前に海が広がっていた。敷地の外れの崖際まで来ていたようだ。

「……」

夏の終わりの海が、ぎらぎらと陽光を反射している。潮風に吹かれながら、ディアデは気持ちを落ち着けた。

「……そういえば、セフェルナルには貴族がいないのだから……」

ということは、女性王族につく女性の護衛兵というものは、特にはいないのだろう。シスレシアでは、男の兵は身分に関係なく受け入れていたが、女の兵は貴族階級の子女にのみ許されていた。

「そういうことなら、軍に女がいたら戸惑うだろう」

ディアデは納得した。自分はリンディの侍衛騎士だが、セフェルナルの軍に入っているわけでもなく、第一にシスレシア人だ。シスレシアでは王女殿下の騎士だった、だからセフェルナルでも騎士でいるし、騎士として鍛錬もする、といってそれを押し通すわけにはいかない。言えば許可が得られるだろうが、それは、未来の皇太子妃の私的な騎士だから、特別に許可をする、ということになる。つまり、リンディの威光を笠《かさ》に着てということだ。そんなことをしては批判は自分ではなく、主人であるリンディに向く。わがまま王女と言われてリンディの評価を下げてしまうだろう。

「わたしのことで殿下の評判を下げることは絶対にできない」

鍛錬は一人で行おうと思った。

「とはいえ一人では剣の手合わせも組み手もできない。どうしたものかな……」

体がなまっていざという時に敵と戦えないとなったら、騎士の名折れだ。ディアデはため息をこぼした。


それから半月が経った。そろそろ十月だ。

「国王陛下と王妃殿下から、正式に結婚のお許しをいただいたわ」

その日、朝から王都に出かけていたリンディが、帰ってきてディアデと休憩のお茶を飲みながらそう言った。リンディのバラ色の頬はいつもより少し赤みが濃くて、抑えてはいるのだろうが嬉しさがあふれている。ディアデは可憐《かれん》きわまりないリンディの様子を見て、我がことのように結婚の許可を喜んだ。

「おめでとうございます、王女殿下っ」

「ありがとう。わたしも安心したわ。アルナルドは心配いらないと言っていたのだけれど、わたしはセフェルナルに非道を働いたシスレシアの王女よ。陛下も王妃殿下も、よいお顔はなさらないと思っていたから……」

「……、お喜び、いただけたのですか……？」

「ええ、祝福もしてくださったわ。ただ、こうなるまでのことが、あまりにもふつうと違ったでしょう？　それで王妃殿下が驚かれすぎて、お倒れになってしまったりと、大変だったのよ」

「そうでしょうともっ」

ディアデは憤慨しながらうなずいた。リンディがセフェルナルに下ったのだって、当初は戦利品の扱いだったのだ。しかも一国の王女を、馬車でも輿《こし》でもなく馬で運んだ。ほとんど休憩も取らせずにだ。まさしく盗賊の振る舞いだった。初めて馬に乗せられて、不安そうな泣きだしそうな表情を見せたリンディを思いだすと、今でもアルナルドを成敗したくなる。

そんな野蛮きわまる男がリンディの夫になるのだ。なぜそうなったのか、ディアデは常々、四六時中、寝ても覚めても考えているがわからない。生涯の謎《なぞ》になるだろうとディアデは思った。

リンディはふっと小さな息をこぼすと、言った。

「結婚式をいつにするかは、国事の関係もあるから、陛下とご相談もしなければならないし、これからたびたび王都に行かなければならないと思うの」

「ご安心ください。わたしはいつでも殿下とともに参りますし、そうでなければ、殿下がお疲れを癒やせるように、諸事万端整えて、殿下のお帰りをお待ちしておりますから」

「ありがとう、ディアデ。わたしのことを一番に考えてくれるのね、大好きよ」

「ありがとうございます…っ」

リンディにきゅうと手を握られて、ディアデは頬を熱くして頭を下げた。

それから一週間ほどして、リンディの結婚式の正式な日取りが決まった。なんと八ヶ月後、来年の春だという。

（常識では考えられない……っ）

ディアデは思った。皇太子の結婚式ともなれば、新郎新婦の国だけではなく、招待する各国の王族、帝族の国事や公務も考えて日にちを決めなくてはならない。日々、分単位で公務をこなしている王族たちを、近い国なら二日間、遠くの国なら四日や五日もセフェルナルに招くのだから、その調整たるや大変なことだ。それなのに、たった八ヶ月ですべてなんとかして結婚式に来てくれと言うなんて、非常識というか暴挙というか、とにかくあり得ないことだ。どうしてそんなに早く事を進めるのか尋ねたかったが、国王が決めたことに疑義があると受け取られては困るので聞けない。

（そういえばセフェルナルの軍は、道など無視をして最短距離を突っ走る……。速いことがよいこととされている国なのだろうか……）

そうかもしれない、と思った。なにしろセフェルナルの文化、それにともなうしきたりを、リンディも自分もまだまだ知らない。

早すぎる日程の理由を尋ねる代わりにディアデは言った。

「そうすると、これからますますお忙しくなりますね」

「そうね。式次第もわからないし、儀式のためになにを身につければいいのかもわからないでしょう。だから王妃殿下にいろいろと教えていただくの。王宮に泊まりこむことも多くなると思うわ」

ほう、とリンディはため息をついた。王族の結婚式の準備がどれほど大変か、リンディの実兄である現シスレシア王や、実姉の第一王女の時に間近で見ていたから、ディアデにもよくわかる。とにかく気という気を、遣って回して配りまくらなくてはならない。招待客は王族や帝族だ。不手際や失礼は、絶対に、決して、なにがあっても、あってはならないからだ。結婚に向けてのうきうきした気分よりも、準備における煩雑で膨大な雑事に気が滅入るほうが大きいだろう。

(わたしもできる限り、殿下のお役に立たなければっ)

心の中で、ディアデは強く拳《こぶし》を握った。

皇太子の成婚の日が決まり、国民にも報《しら》されると、国中が一気に結婚式に向けて動きだした。晩餐会《ばんさんかい》の料理に使う食材を作る農民や、アルナルドはもちろん、王族たちの衣装に携わる者……織り元や針子に仕立屋……や、あらゆる記念品を作る工房にそれを扱う商店は一斉に準備にかかり、街路や町村を美しく飾る計画について、連日村民会議が開かれた。式当日のパレードを見に行くために、国民たちも衣装の新調をする。もちろんリンディ自身も大忙しだ。

その日は、歴代の花嫁たちが身につけたドレスの意匠が描かれている用紙の束を見ていた。なにか決まりがあるならそれに従わなくては、というリンディの考えからだ。

「王妃殿下からは、好きなようになさいとおっしゃっていただいているのだけれど、わたしに遠慮をなさっているかもしれないでしょう？」

「ああ、そういうこともあるかもしれませんね」

部屋の隅に突っ立ってディアデはうなずいた。なにしろ誘拐同然にセフェルナルに連れてこられたリンディだから、そういういきさつから、王妃も不憫《ふびん》に思っているかもしれないと思った。

やはりリンディもドレスの意匠を見るのは楽しいようで、小間使いやそばに控える女官たちと、これは素敵、こちらも素晴らしいと言い合ってはしゃいでいる。ディアデはドレスや宝飾品のことなどまったくわからないので、楽しそうなその様子を黙って見つめるだけだ。自分の美しい女主人が、史上最高に素晴らしい花嫁衣装に身を包んだら、どれほど美しくなることだろうと想像して、内心でときめいていると、ふいとリンディが視線をよこした。

「ねぇディアデ」

「はい、なんでしょう、殿下」

声をかけられて思いがけず心が浮き立つ。我知らず笑みを浮かべたディアデに、リンディは思案顔で言った。

「ディアデの衣装はどうしようかしら」

「……は？　わたしの衣装、ですか？　わたしには、殿下が考えてくださった騎士の制服が、すでにいくつもありますが」

「そうではないわ、わたしの付添人としての衣装よ」

「えっ!?」

「付添人になってくれるんでしょう? だからその時に身につける衣装よ。シスレシアの時の正装ではいけないでしょうから、新しく仕立てなくてはね。ディアデはどのような衣装がいい?」

「いやっ、お待ちくださいっ」

あまりにも予想外なことを言われて、ディアデはどっと汗を噴きだしながら言った。

「花嫁の付添人はお身内と決まっていますっ、わたしは殿下の騎士です、従者ですっ。そのような立場の者を付添人にするなど聞いたことがありませんっ」

「それはわたしもわかっているわ。でも、お姉様はご結婚なさっているし、お兄様やお姉様の子供たちでは、花係かトレーンベアラーしか務められない年齢よ。従姉妹《いとこ》に未婚の女性がいたはずだけれど、彼女たちとは晩餐会や舞踏会で挨拶《あいさつ》をする程度で、仲が悪いわけではないけれど、親しくもないのよ」

「ああ……」

厳格な身分社会のシスレシアは、王族といえども、国王一家と親戚《しんせき》では、主《あるじ》と臣下ほど立場に差がある。王女であるリンディに従姉妹といえども気安く話しかけられないのだ。リンディはため息をついた。

「お友達にお願いするにしても、誰を付添人にするか、決めるのは大変だわ。選んだお友達と選ばれなかったお友達。仲違《なかたが》いしそうだもの」

「たしかに、それはありそうです」

ディアデもため息をこぼした。宮廷でリンディの取り巻きだった貴族の女たちを思いだす。王女であり、社交界の中心であるリンディと親しい自分……、そのことを、なぜか自慢に感じている女たちだった。そんな女たちだから、皇太子妃になるリンディの結婚の付添人、などという、見栄と優越感をこれ以上はなく満足させてくれる役目を得られた者と得られなかった者で、陰口の言い合いになることは目に見えていた。

とはいっても従者である自分が付添人になるなどあり得ない。身分が違いすぎる。そう言うと、リンディはまたため息をこぼしてうなずいた。

「ディアデほどわたしと親しい女性はいないのだから、本心はディアデに付添人になってもらいたいわ」

「殿下、それはできません。しきたりに外れたことをなさっては、セフェルナルに対して礼を欠きます」

「そうね、わたしのわがままというだけではすまないものね。でもそうしたら、付添人もなく結婚式をすることになるわ。それはそれで問題でしょう？　どうすればいいのかしら……」

「殿下……」

悩ましげな表情を浮かべるリンディを見て、ディアデも胸を痛めた。付添人の一人もいない花嫁なんて、友人もいない人柄なのかと悪い憶測を呼びそうだ。最愛のリンディにそんな噂《うわさ》を立てられるなど言語道断だし、付添人がいないどころか、なりたがる者がたくさんいて、選ぶに選べないから困っているのだ。どうしたものかと考えて、そうだ、とディアデは表情を明るくした。

「わたしがシスレシアまで行って参ります。そうして母君様に殿下のお悩みをご相談して参りますっ」

「まあ、お母様に？　ディアデがお聞きしてきてくれるの？」

よほど思いがけなかったのか、リンディが目を丸くする。ディアデは力強くうなずいた。

「すぐに行って参りますから、殿下はなにも案ずることなくお待ちください」

「でもシスレシアまでなんて……」

「大丈夫。すぐに戻って参ります。心配しないでください」

「ああ、ディアデ……」

感激した、という表情をリンディは見せる。ディアデも久しぶりに本当の意味でリンディの役に立てると思い、それが誇らしくて、リンディの華奢《きやしや》な指に口づけを落として部屋を出た。

カツカツと靴の音を立てながら離宮の通路を歩き、ディアデはふむと考えた。

「わたし一人で行くなら街道を駆けるしかないが……」

それだと片道で五日はかかってしまう。けれどアルナルドはその半分、たった二日でシスレシアまで行けるのだ。火急のことだし、その最短の道筋を是非教えてもらおう、と思った。

「皇太子殿下は執務室か？　公務中、わたしごときが取り次ぎをお願いしてもいいものだろうか……」

アルナルドは世界で一番嫌いな男だが、しかし皇太子であることは間違いがないのだ。公の仕事まで邪魔するつもりはディアデにもない。どうしようかと考えながら歩いていると、目前の扉が急に開いて中からアルナルドの側近、カッジオが出てきた。

「うわ…っ」

「おっと失礼、お嬢さん」

ぶつかりそうになって驚くディアデに、カッジオは悪びれもせずそう言って、にっこりと笑った。カッジオは初対面の時から徹底的にディアデのことを「女の子扱い」するので、アルナルドの次に気に入らない男だ。ディアデはむっとしながらも尋ねた。

「アルナルド皇太子殿下は、執務室か」

「いや、今日は王都に行ってるよ。国王と式の打ち合わせだ」

ディアデがつたないセフェルナル語で尋ねると、カッジオはシスレシア語でさらっと答える。まったくふつうに返してきたので、カッジオが気を遣ってシスレシア語を話しているということにも気づかず、ディアデのほうもシスレシア語に頭が切り替わってしまった。

「ああ、そうなのか……」

困ったな、と思った。まさかシスレシアまでの道筋を尋ねるために王宮まで行けるわけがない。やはり五日かかろうとも一人で行くかと考えていると、カッジオが片眉を上げて言った。

「なんだ、どうした。難しい顔をして、可愛《かわい》い顔が台無しだぞ」

「……わたしは可愛くない。訂正しろ」

「あー、と。……綺麗《きれい》な顔」

「だから、可愛くも綺麗でもないと言っているっ」

「いや、可愛いし綺麗だよ。自分じゃわかってないのか。お嬢さんのご主人様もよく言ってるじゃないか、わたしの綺麗なディアデ、って」

「貴様っ、馴《な》れ馴《な》れしく殿下の真似《まね》をするなっ、無礼者っ」

「はいはい、悪かった悪かった。で、綺麗なお嬢さんはなにを悩んでいるんだ？」

「……っ」

ぺらぺらと浮ついたことを言う口を縫ってやりたい、と思いながら、ディアデは怒りを抑えて答えた。

「結婚式のことで、至急、シスレシア皇太后《こうたいごう》殿下にお会いしなければならないのだ。セフェルナルの兵が通る最短の道を皇太子殿下にお聞きしようと考えていたのだ」

「あー、なるほどな」

そう言うと、カッジオはハハハと声を立てて笑った。

「教えてもいいけど、お嬢さんには通れないよ」

「そんなことはないっ。殿下のためならわたしはどんなところでも、……」

「いいや、通れない。危険な道というだけじゃない、俺たちは山賊《さんぞく》の縄張りを通り抜けていくんだぞ」

「山賊だと……？」

「そうだ。お嬢さん一人で行ったら、まずそこで奴らに捕まる。もし通してくれたとしても、国境の山脈を山羊《やぎ》に乗って越えるんだ。当然道なんかない。あの岩肌をよじ登るんだぞ」

「あの山を……」

想像して心底ゾッとした。人間があの山脈を山羊に乗ってよじ登るなど、とうてい常識では考えられない。いかにリンディのためとはいえ、できる、とは言えなくて黙りこむと、カッジオがまた笑いながら言った。

「無理だろう？　死にに行くようなものだ」

「たしかに……」

「山脈だけは商人の使う道を行け。シスレシア領に入ってからならそう危険な場所もないし、近道を教えてやるから」

「そうか、ありがとう」

「とはいえ、やっぱり道なんか使わないからな。案内をつけてやるよ」

「そこまでしてくれるのか……。感謝する」

ディアデが素直に礼を言うと、カッジオは大仰に驚いた顔をしてみせたが、からかうような言葉は言わなかった。

二人並んで通路を歩きながら、ディアデはカッジオに言った。

「すぐに戻ってくるが、わたしがいない間、くれぐれも王女殿下の警護をお願いする」

きちんとカッジオに頭を下げると、カッジオは、困ったような、感心したような、妙な表情で言った。

「お嬢さんは心根がいいけど、真面目すぎるんだな。春の女神に……、ああいや、シスレシア第二王女殿下に忠誠を誓っているんだろう。だけど、王女殿下はアルナルドの妃《きさき》になる。これからはセフェルナル皇太子妃に忠誠を誓い、ぜひともアルナルドにも忠実であってほしいよ」

「それはつ、…」

アルナルドなどに忠実でいられるかと思ったが、どれほど野蛮で無礼な男であってもリンディの夫になるのだ。つまり、自分の主人格になる。ディアデは深呼吸をして頭に上った血を下げ、うなずいた。

「皇太子殿下への無礼は、これから改める」

「是非頼むよ。セフェルナルは海洋交易で栄えた国だ。皇太子といえども遠く海を渡って交渉に行く。国を空けることも多いんだ」

「そうなのか……」

「ああ。そんな時、お嬢さんがアルナルドと考えを一つにして王女殿下を支えてくれれば、あいつの心配も減るだろうしな」

「……わかった。そのようにする」

リンディのためならばアルナルドの意向に沿うくらいはする。そう思って深くうなずいたディアデは、ふと、こんなふうに軽く口を利いているが、カッジオの身分はどうなのだろうと思い、尋ねた。

「あなたの身分はなんだ？　シスレシアで言えば、どの位に位置しているのだ？」

「俺の身分か」

カッジオは苦笑して教えてくれた。

「知ってるとは思うが、セフェルナルには貴族制度はない。王族以外は皆平民だ」

「ああ、知っている」

「だから俺も平民だ。しかしまあ、シスレシアの身分制度に当てはめてみると……地方都市の市長の息子、あたりになるのかな」

「なるほど」

それはシスレシアでは概《おおむ》ね男爵位となる。騎士の自分よりも位は上だ。そうだったのかと思ったディアデは、カッジオにも態度を改めた。

「これまで無礼な態度を取って申し訳なかった。これからは改める」

「ホントに真面目だな」

カッジオはまた苦笑した。

「お嬢さんも早いところセフェルナルの制度に馴れるといいよ。この国では農民だって気軽に国王に声をかけるんだ」

「ええっ!?」

「だからといって王族を軽く見たりはしていない。皆、国王やアルナルドを敬愛している。いざとなれば、王族が先頭を切って国民を守ると、皆知っているからな」

「……そうか」

「お嬢さんも一度国王に会うといい。きっと好きになるよ」

カッジオがパチンという音でもしそうなウインクを投げてくる。ディアデは思わずよけてしまい、またまたカッジオに笑われた。

離宮の西端にやってきた。半地下のここには、厨房《ちゅうぼう》のほかに使用人用の食堂、休憩室、それに宮殿詰めの当番になっている近衛兵たちの詰め所もある。カッジオは詰め所の扉を開けると、ざっと中を見回して、言った。

「ジャンニ！」

「はいよ」

向こうのテーブルでなにかを飲んでいた男が立ち上がった。彼がジャンニなのだろうとディアデが思っていると、カップを手に持ったままジャンニがそばに来た。

「なにか用かい、カッジオ？」

「こちらのお嬢さんをシスレシアまで連れていってくれ。あちらの皇太后殿下に火急の用があるらしい」

カッジオはやはりシスレシア語でそう言って、ディアデを振り返った。

「俺が案内したいところだけど、アルナルドが離宮を空けてる時はここを離れられないんでね。代わりにジャンニに案内させる。腕も立つし、もちろん女には優しいから信頼していい」

「わたしは女ではないっ、殿下の騎士だっ」

「これは失礼、王女殿下のわんちゃんを怒らせてしまった」

「わ、わんちゃん、だと!?」

あまりの言いようにカッジオを殴りたくなった。カッジオは悪びれた様子もなくハハハと笑っている。ギリッと拳を握りしめた瞬間、ジャンニが、ごめんよ、と、こちらも流暢《りゅうちょう》なシスレシア語で言った。

「カッジオの口が悪いのは性格なんだ。イル＝ラーイにも平気で乱暴な口を利くんだよ」

「知っているともっ」

「うん、だからカッジオの無礼は直らない。そう思って聞き流してほしいんだよ」

ジャンニはそう言って、にっこりと人なつこい笑みを見せた。

「俺はジャンニ。カッジオと違って女性に失礼なことは言わないから、よろしく、お嬢さん」

「…っ、だからっ、わたしはお嬢さんではなく、王女殿下の騎士だっ」

ジャンニにも食ってかかると、ジャンニはなぜディアデが怒っているのかわからないといったふうに、困惑した表情で言った。

「その王女殿下がいない時くらい、気を抜いたらいいよ。殿下の騎士が男のふりを忘れていましたよ、なんて、告げ口なんかしないからさ」

「わたしは男のふりなどしていないっ」

「あ、ごめんよ、怒らせるつもりはなくて……」

「えっ、いや、謝らなくとも……」

「そう？　でもお嬢さんさぁ、せっかく可愛い女の子なのに、四六時中、騎士でいたら疲れるでしょ？　だからさ、俺たちといる時くらいはふつうにしてたらいいよ」

「これがわたしのふつう、…」

「シスレシアまでの道中も多めに休みを取るし、女の子に無理はさせないからさ。安心して俺に頼ってよ」

そう言って、ジャンニはにっこりと笑う。話し言葉も浮ついているし、なによりも無意識で、素で、天然に、ディアデをお嬢さんとして扱うのだ。

(なんという浮薄《ふはく》な男だっ)

これで本当にシスレシアまで案内できるのだろうか。後《おく》れを取ったら容赦なく置いていってやる、とディアデは思った。

ともかくも準備を整えた。といっても、砂漠を渡る時に必要な毛皮とストールと飲み水に、軍用の携行食を分けてもらっただけだ。まるで近くにピクニックに行くような、装備とも言えない軽装備なので、ディアデは内心で少し不安に思った。通用口から表に出ると、いつのまに指示が出ていたのか、馬が二頭引きだされていた。ジャンニは葦毛《あしげ》の馬を示して言った。

「そっちの馬に乗って。気立てのいい馬を選んだから、扱いは難しくないよ」

「ああ……、ありがとう」

「じゃ、行こうか」

ジャンニは鹿毛《かげ》の馬にまたがると、本当にピクニックにでも行きそうな、呑気《のんき》な口調でそう言った。

離宮の裏手から果樹園前の細道に出ると、ジャンニが少し馬の歩様《ほよう》を速めて尋ねてきた。

「お嬢さんはグラーツェンに来てまだ一月ちょっとでしょ？　観光もかねて、のんびり行こうか」

「とんでもないっ。火急の用件だと言ったではないか！　山羊での山越え以外、最短距離での案内を頼むっ」

「ええ？　それは無理だよ」

ジャンニは思いきり目を丸くして言った。

「とても女の子が走れる道じゃないよ」

「わたしは女ではなく王女殿下の騎士だっ、女扱いは無用っ」

「あー、うん、そうか。わかった、じゃあ山越えの次に早くシスレシアへ行ける道を行こう。なるべく休みを取るけど、疲れたら遠慮しないですぐに言ってね」

「……心遣い、感謝する」

とりあえず礼を言ったが、内心では、こんな浮ついた男、すぐにへたばるに違いないと思った。もっとしっかりとした、兵らしい兵を案内につけてもらえばよかったと後悔していると、ジャンニがにっこりと笑って言った。

「じゃ、走るよ。ついてこられそうもなかったり、あんまり距離が離れたら指笛吹いて報《しら》せてね。さあ、出発」

のんびりと言ったジャンニが、次の瞬間、一気に馬の速度を上げた。しかも果樹園の中に突っこみ、ただ中を爆走するのだ。ディアデは仰天したが、すぐに気持ちを切り替えてジャンニのあとを追った。

身をかがめて果樹園の中を走ることにも驚いたが、隣の村に出ても広い街道を使わず、家々の間の路地やら畑の畦《あぜ》を突っ走るのだ。

(み、道を無視するとは聞いていたが…っ)

街道は使わないまでも、生活道路を走るものだとばかり思っていた。しかも浮ついた優男だと思って、内心馬鹿にしていたジャンニが、馬と一体となって矢のように駆けていくのだ。ディアデはついていくのが精一杯だというのに、ジャンニはたまに後ろを振り返って、大丈夫だろうか、ついてこられるだろうかとディアデを気にかけてくれる。つまり余裕がある、これが最速ではないということだ。悔しかったし、すでに息が上がり始めている自分も不甲《ふが》斐《い》なくて、ディアデは唇を噛んだ。

(しかし王女殿下のために、できる限り早く皇太后殿下にお目にかかり、ご相談申し上げな

くてはならないのだっ)

自分の疲労などは無視だ、とディアデは思い、奥歯を噛みしめて必死でジャンニについていった。

とにかく止まらない。走らせ続けた馬を交換するために途中の村に立ち寄るが、その時に水分補給をする程度だ。ディアデも軍の訓練で遠駆けなどしてきたが、畦やら獣道《けものみち》すらない森の中を突っ走るのは初めてで、岩や倒木をよけたり飛び越えたりするため、非常に神経を使って倍増しに疲れが溜《た》まる。これが野戦訓練ではなく、セフェルナル兵の通常の進行速度であり、どこであろうと馬で駆け抜ける技術を持っているのなら、なるほど戦《いくさ》で敵《かな》わないはずだと実感した。

秋の日は瞬《また》く間に落ちていく。ここがどこなのか、国境まであとどれくらいなのか、もちろんディアデには推し量ることもできない。馬で進むのは危険なくらいにあたりが暮れた頃、森の中の小さな村に到着した。馬を下りたジャンニが、村人に馬の交換を頼んでから、ディアデに声をかけてきた。

「大丈夫かい?」

「……、……」

大丈夫、と答えたいが声が出ない。息を切らしながらうなずくと、ジャンニは心配そうに眉を寄せて言った。

「休ませてあげたいんだけど、急いでるんだろう？」

「そ、そう…っ、わたしの、ことはっ、気にしないで、くれ……っ」

「苛《いじ》めてるみたいでいい気がしないけど……」

ジャンニはポリポリと頭をかいて続けた。

「ここから山間の道に入るよ」

「こ、国境の、山脈……っ？」

「うん。俺たちは馴れているから夜でも平気で走れるけど、途中には崖もあるし、ものすごく狭いところもあるんだ。目印にランプを提げていくから、お嬢さんは絶対に俺のあとを外れないでほしいんだ」

「わ、わかった……っ」

荒い呼吸のままディアデは力強くうなずいた。ジャンニはにっこりと笑った。

「ホント、女の子なのにすごいなぁ。ウチの軍の初級兵なんか足下にも及ばないよ。ああ、ごめん、お嬢さんは騎士だもんね、訓練してるんだよね」

「と、当然だっ、まだまだいけるっ」

「うん。でもここからのほうがずっと大変なんだ。疲れたら、本当に無理しないで言ってね。崖から落ちでもしたら、シスレシアに行けないどころか命に関《かか》わるから。山間の道を抜ける間は、意地は捨ててほしい」

「俺も女の子に怪我《けが》なんかさせたら、後悔で寝られなくなっちゃうからさ」

「……わかった」

「……」

また女の子扱い！　ディアデは心底苛立《いらだ》ったが、もはやジャンニを怒るだけの余裕もなくなっていた。

水とともに携行食を取ると、少し力が戻ってきた。山を越えたら、次には砂漠を渡るのだ。気合いを入れろ、と自分に命じ、ディアデは唇を引き結んで再び馬にまたがった。ジャンニが住民からランプを借りてきた。軍で使うような全天候型のランプではなく、本当にふつうの、家庭で使うランプだ。それを右手に持ったジャンニも馬にまたがり、ディアデに軽くうなずいてみせた。

「このランプのあとを、絶対に外れないでね」

「わかっている。よろしく頼む」

頭を下げたディアデに、ジャンニはなんとも無邪気な笑顔を見せた。

村から出たあと、しばらくはふだん村人たちが使っているのだろう、細い道を進んだ。まだ日没前だが、森の中はすでに夜ほども暗く、ジャンニが持っているランプだけが頼りだ。さすがに並足《なみあし》だが、あたりが見えない中での乗馬は緊張する。半時ほど進んだところで、地面の傾斜から山道に入ったことがわかった。あたりの木々はだんだんとまばらになっていったが、そのあたりで完全に日没したらしく、森を抜けても真っ暗だった。

(恐れるな。道。道を進んでいるんだ)

予想外な障害物もないはずなんだからと自分を励ますうちに、道はどんどんと傾斜をきつくしていく。そのうちに、どこからか水音が聞こえてきた。近くに川が流れているのか、と思ったディアデは、先ほどジャンニが崖を通ると言っていたことを思いだして、ゾッと背筋を寒くした。もしかしたらすぐ左手は崖なのかもしれないと思った。ジャンニのランプだけを凝視して進む。夜の山道だから当たり前だが、行き交う旅人もおらず、誰ともすれ違わない。馬の蹄《ひづめ》の音と川の流れる音しか聞こえない。そんな中、時たまジャンニが指笛を吹くので、なんだろう、獣よけだろうかとディアデは不思議に思った。

空にはシトローネの形をした月が浮かんでいる。緊張をほぐすために時たま月に目をやった。そうしてどれほど走った頃だろう。最初に見た時よりも月の位置がずいぶんと上空になっているから、三時間ほどは走っただろうか。森は木々のまばらな林となり、向こうのほうにひどく頼りない明かりが見えた。どうやら村があるらしい。ジャンニは真っ直《ま》ぐ《す》にその村へ向かい、そこで馬を下りた。

「ここで馬を換えるよ。食事もする。そうしたらすぐに出発するから。夜明けまでに砂漠を越えたいからね。だからしっかりと食べて」

「えっ、もう砂漠なのか!?」

ディアデは素直に驚いた。グラーツェンを出たのは昼過ぎだ。今はちょうど夕食時だろうから、セフェルナルの南端からセフェルナル国を縦断して、さらに国境の山脈まで越えたというのに、半日もかかっていない。恐ろしいまでの強行軍だったが、まさに驚異の速さだ。

(なんというか、地図に最短距離を引いて、実際にそこに川があろうが山があろうが関係なく突進してきた感じだな……)

道を無視するなどと可愛いものじゃないということと、そこを駆けてきた自分自身にも、ディアデは茫然《ぼうぜん》とした。

固めた土を積み重ねて作った粗末な家がまばらに建つ小さな村で、たった一軒の宿屋に入った。食堂のテーブルに着いたディアデは、思わず深いため息をこぼしてしまった。弱音を吐いてしまえば、少し横になりたいほど疲労しているのだ。ところがジャンニはまったく平気な顔で、ディアデにはなにを言っているのか見当もつかない土地の言葉で料理を注文している。強い男だな、と思ったディアデは、カッジオの言ったとおりジャンニは腕の立つよい兵士なのだろうと思い、見かけで馬鹿にしていた自分を反省した。

ほどなくして料理が運ばれてくると、ジャンニは一つ一つを指さして説明した。

「おおざっぱに言えばこれは鶏《とり》の煮込み。こっちは野菜の塩漬け。これはハムみたいなもので、それは雑穀の蒸しパンみたいなもの。それはサボテンの仲間で、瓜《うり》みたいな味がするんだ。まあ食後の口直しね。食べられる?」

「わたしはなんでも食べられる。訓練で兵糧《ひょうろう》を食べていたから」

「ああ、じゃあ平気だね。アレが食べられれば、この地上で食べられないものはないと思うよ」

ジャンニが真面目な顔でうなずくので、ディアデは思わず笑ってしまった。話が通じるのは面白い。せっせと皿に取り分けてくれるジャンニに、自分でやるから気を遣わないでくれと言ったが、ジャンニはにこにこしながら、女の子に親切にするのは性格なんだ、と答えた。

「カッジオの口が悪いのと一緒、直らないから気にしないで」

「ああ、それなら……、ありがとう」

「どういたしまして」

女の子、という言葉はあえて聞かなかったことにして礼を言うと、ジャンニは嬉しそうにほほ笑んだ。いちいち自分を女の子扱いすることにはうんざりするが、ともかくもジャンニは親切な男であることはたしかだとディアデは思った。

三十分かけて食事と休憩を取り、出発することにする。離宮から持ってきた毛皮をしっかりと着こみ、頭と顔を砂よけのストールで覆い、馬にまたがった。

セフェルナルに下る時に砂漠越えは経験済みだ。どこまでも変わらない、なにもない砂漠の中を走るのは、眠気との戦いにもなる。ディアデは先ほどの食堂で買いこんだ、眠気覚ましの作用のある茶葉を口いっぱいに頬張って、ジャンニに苦笑された。

「そんなに噛んだら、眠気が飛ぶどころか興奮しちゃうよ?」

「ジャンニも噛むか?」

「いや、俺はいい。それ苦いから嫌いなんだ。ディートの実を噛んでいく」

そう言ってオレンジ色のディートの実を口いっぱいに頬張るので、ディアデはまた笑ってしまった。よく熟したディートの実を干したものは、弾力のある歯ごたえと濃厚な甘みがあって、子供に菓子としてよく与えられるからだ。ともかくもなにかを噛んでいれば眠気は飛ぶので、なにを噛むかは各人の自由だ。

「さてじゃあ行こうか」

ジャンニが言う。

「本当はここで少し仮眠してから行きたいところだけど、夜明けまでに渡ってしまいたいからさ。俺たちじゃイル=ラーイのように四、五時間で砂漠は渡れないから」

「えっ、皇太子殿下はたった四、五時間で渡ってしまうのか!?」

「うん。まあイル=ラーイが特別なんだけどね。休ませてあげられなくてごめんね。女の子にはつらいよね」

「いや、謝る必要はない。最短でと頼んだのはわたしだ」

ディアデはきっぱりと言い、行こう、とジャンニを促した。

そこからは一気に砂漠を駆け抜けた。見渡す限りの砂の海だ。ディアデ一人ならたちまち遭難してしまうところだが、ジャンニは時折空を見上げて星を読んでいる。そうして目指す一点へ完璧《かんぺき》に向かうのだ。以前砂漠を越えた時もそうだったが、セフェルナルの男たちは皆この技術を身につけているらしい。頭の中に地上と空と、立体でできた地図でもあるようで、ディアデは素直に感心した。

群青色《ぐんじょういろ》の空がほのかに白んできた頃、砂漠の村ワスタスに到着した。二階建てになっていることが信じられない宿屋の前で馬を下り、ジャンニが疲れた笑みを浮かべた。

「やっと休憩だよ。お疲れ様、疲れたろ、大丈夫？」

「……正直、朦朧《もうろう》とする……」

「だよねぇ。夜明かしの任務なら馴れているだろうけど、ほぼ一日馬で駆けたんだし。砂漠で居眠りして落馬しなかったのは、本当に偉いと思うよ」

「ああ、ありがとう……」

あまりに疲れて頭が働かないディアデは、ぼんやりとそう言った。ぼんやりしていたので、部屋を一つしか取らなかったことも、お嬢さんは寝台を使ってと言われたことも、それに素直にうなずいて寝台に転がったことも、なに一つおかしいとは思わなかった。三時間ほど仮眠をしてジャンニに起こされた時に、ようやく、あれ？　と思って尋ねた。

「ジャンニは床で寝たのか？」

「気にしないでよ。ちょっと寝るだけなのに二部屋取るのも、もったいないと思っただけだしさ」

「すまない、わたしが床で寝るべきだった。シスレシアへの案内はわたしが頼んだのだから……」

「なに言ってんだい、女の子を床で寝かせるなんて、冗談にしろ質《たち》が悪いよ。いいかい、女の子と男では体の作りが違うんだ。騎士であるお嬢さんにもわかりやすくたとえれば、俺が本気でぶん殴ったら、男なら歯が折れて気絶程度ですむけど、女の人だったら悪くしたら首が折れて死ぬ。それくらい女の人は繊細にできてるんだよ。だから大切に扱わなくちゃいけないんだ」

「ああ……、そうか、わかった……」

ジャンニがめずらしく真剣な表情で力説するので、気圧《けお》されたディアデは何度もうなずいた。

宿の食堂でしっかりと朝食をとりながら、ディアデはぽつりと呟いた。

「…共和制になってからのシスレシアに来るのは初めてだ」

元々シスレシアは、セフェルナルを除くボルトア大陸全土を領土としていた。それを千年にわたり統《す》べていたのが、リンディたち、フォンビュッテル王家だ。アルナルドたちが攻め入り、王族の血筋を絶つ代わりに王政の廃止と王位を退《ひ》くことを要求し、それを呑んだのが現シスレシア国の王、リンディの実兄。その結果、シスレシアに支配されていた各領国は独立し、シスレシア王国はシスレシア共和国となったのだ。ディアデとリンディの故国であるシスレシアは、他国を併合していく以前の、元々のシスレシア領土を国土として、今もシスレシア王国として存在している。

ジャンニは鶏のスープを口に運び、小声で答えた。

「大丈夫だよ。税金の納め先が、シスレシア王からかつての領主に変わっただけで、あとはこれまでの千年と同じ、なんにも変化はないよ。少なくとも、民にとってはね」

「……そうなのか」

「お嬢さんの故郷のシスレシア王国も、国土はうんと狭くなっちゃったけど、相変わらずいろんな面で最先端だし、土木技術なんかずば抜けて高いでしょ。それでがっぽり外貨を稼いでるから、元の属国やほかの国からも羨《うらや》ましがられてるよ。心配しなくても、昔のままの豊かな国だよ、シスレシアは」

「そうか……」

ジャンニからわかりやすく現状を説明されて、ディアデはほっとした。それと同時に疑問も湧いて、率直にジャンニに尋ねた。

「セフェルナルはシスレシアに間諜《かんちょう》を置いているのか？」

「ええ？　いや、べつにフツーにわかることでしょ？」

「……」

ジャンニは無邪気に笑ったが、「フツーにわかること」がわからなかったディアデは、言葉に詰まって唇を引き結んだ。これで相手がアルナルドだったら、世間知らずというか世情知らずのディアデをからかってくるところなので身構えたが、ジャンニは馬鹿にしてくることもなく食事に集中している。拍子抜けしたディアデは、ああ、と気づいた。なにかにつけ嫌みを言ったり小馬鹿にしてきたりするアルナルドだが、あれはアルナルド本人の性格が極悪なだけで、セフェルナルの男が皆、女性を馬鹿にする性質なのではないのだとわかった。皇太子のアルナルドがあんなだし、側近のカッジオも同類だから誤解をしていた。シスレシアにもいやな男はごまんといるが、善良な男もごまんといる。セフェルナルも同じだ。反省しよう、とディアデは思った。

しっかりと腹ごしらえをすませて、ワスタスを出発した。ここが旧シスレシア領内だと思うと、それだけでディアデはほっとする。目指すのは現シスレシア王国。千年王国だった頃の王都、ウンターヴィーツだ。

シスレシアに入ってからも、ジャンニはやはり道を無視する。丘も森も、川も山も、獣のように突っ切っていく。あとに続くディアデは内心で冷や汗をかいた。なにしろ共和国だ。ウンターヴィーツまでいくつもの独立国家を通り抜けていくのだ。つまりは関所があるはずだ。ところがワスタスからこちら、一度も関所を通っていない。

（み、密入国になるではないか…っ）

道を無視するのはいいが、関所を無視するのはどうなのかと、ディアデは驚き半分、呆《あき》れ半分だ。恐ろしいことに、軍にも国境警備の兵にも一度も見つかることなくウンターヴィーツまで来てしまった。もし自分たちが共和国に侵攻してきた敵国だったらどうするつもりだと、各国の警備のあまりの緩さにディアデは猛烈に腹を立てた。

日も落ちて、あたりはすっかり暗くなっている。昼間なら始まったばかりの紅葉を楽しめただろう小山を登りきると、眼下にウンターヴィーツの街が見えた。街中に明かりがともり、美しい。懐かしくて、思いがけず胸がきゅんとしたディアデに、ジャンニが申し訳なさそうに言った。

「思ったより時間かかっちゃったね。夕方くらいまでには到着するつもりだったんだ、ごめんね、お嬢さん」

「あ……、あっ、いやっ、とんでもないっ。わたし一人ではこんなに早く戻ってこられなかった。感謝している」

夜景に見とれていたディアデははっとして、心底から礼を言った。アルナルドに比べればかかった時間は三割増しだが、それでもたった一昼夜だ。まともに街道を使っていたら、五日はかかる道のりなのだ。本当に驚異の速さだと思っていると、ゆっくりと馬を進めながらジャンニが言った。

「王宮も以前のままだし、国王も王宮に住んでるよ。さてと、西の丘から入ろうか、あのへんは羊牧場があるから、入りこむのに都合がいいんだ」

「馬鹿を言うな、わたしは盗賊ではないっ、ちゃんと正面の城門から行くぞっ」

なにを言うんだとディアデは腹を立て、ジャンニに方向転換の指示をした。小山を駆け下り、まっとうに街道を進むと、ウンターヴィーツを囲む城壁の正面楼門《ろうもん》に着く。門を守っている衛視が、薄汚れた馬上の二人を見てサッと槍《やり》を構えたが、ディアデがシスレシアの敬礼をすると、目をまん丸に見開いた。

「騎士ディアデ！　申し訳ありません、お帰りになるという報せをまだ受けておりませんでしたっ」

「報せは送っていない。火急の用件なのだ」

「直《ただ》ちに開門しっ、王宮へも報せますっ」

衛視が大慌てで機械係に門を開けろと指示をする。ゴンゴンと重たい音を立ててゆっくりと鉄製の大門が開いていく。日没と同時に閉じられる正面楼門は、本来なら夜明けまで開けられることはないが、グリューデリンド王女の侍衛騎士が相手では話は別なのだ。ジャンニは門が開くのを待ちながら、へぇぇ、と感心したように言った。

「お嬢さんはシスレシアで有名なのかい？」

「セフェルナル皇太子妃になられる殿下は、シスレシア第二王女だ。殿下の侍衛騎士であるわたしの顔くらい、王都の者なら誰でも知っているっ」

まるでリンディを馬鹿にされたように感じて、ディアデはジャンニを睨んだ。

ウンターヴィーツは、ディアデが過ごしていた頃と変わらない、美しい町並みだった。石畳の道に石造りの高い建物。行き交う女たちは女性美を強調するドレスを身につけている。乾いた風に乗って鼻に届く甘い香り。グラーツェンはシトローネの花の香りで満ちているが、ここは人工香料の香りが漂っている。どちらがいいとは言えないが、ディアデは生まれてから二十一年間、この香りのする街で育ってきたのだ。ウンターヴィーツの空気を吸うと心から安堵《あんど》するのだった。

商業地区から官庁街、貴族の館が建ち並ぶあたりを過ぎ、ウンターヴィーツの中心に立っている小高い山に登る。緩やかな蛇行《だこう》を見せる馬車道は、植栽の手入れも完璧で美しい。あのアルナルドでさえ、手入れの行き届いた植栽をぶっちぎって下山しようとはしなかったほどだ。そこを登りきると、ふいに目の前に山頂湖が現れる。その湖の中央に建っているのが、美と粋を極めたシスレシアの王宮だ。

「すごい……、綺麗だなぁ、あの王宮はどうなってるんだい、水の上に浮かんでいるじゃないか、まさか魔法でもかけているの……？」

目を丸くしたジャンニが感動した様子で言う。おや、と思い、ディアデは尋ねた。

「夏のシスレシア侵攻に、ジャンニは加わっていなかったのか？」

「うん、俺は焼かれた村々の救援に当たっていたから」

「あ、……そうだったのか。あのことについては、本当に申し訳ないことをした……」

謝罪をしたディアデが唇を噛むと、ジャンニは小さく笑って首を振った。

「もう謝ることはないよ、シスレシアの王様に謝ってもらったし、俺たちは許したんだから」

「そうか……」

潔い民族だと思った。それこそ千年、裏切りや反逆を忘れないシスレシアとは、真逆の国民性だ。ディアデはふっと息をこぼすと、ジャンニの先に立って馬を進めた。

「水上に浮いているように見えるが、王宮の下にはちゃんと地面があるのだ。もう少し湖水が下がれば道が見える……ほら」

「おおっ、すごいな、湖の水まで操れるのかっ」

「国民や他国の人間には絶対に見せない仕組みだが、セフェルナルは実質シスレシアの君主国だからな。セフェルナルの兵に隠すことではない」

「やめなって。君主国とか、そんなこと、ウチの国王もイル＝ラーイも考えちゃいないよ」

「……、行こう」

ジャンニの慰めを聞き流し、ディアデは湖水に隠れた道を進んだ。

優美な門を抜け前庭に入ったところで、ディアデは予想外な人物の出迎えを受けて破顔した。

「コンラート！」

シスレシアの近衛兵隊長であり、ディアデの同僚であり、兵学校時代からの幼なじみでもあるコンラート・ザウアーがいたのだ。二ヶ月離れていただけだというのに、ずいぶんと久しぶりに会う気がする。馬を下り、再会の抱擁を交わした。

「おまえが出迎えてくれるとは思っていなかったぞ、コンラート」

「ディアデが帰ってくるのに、俺が出迎えなくてどうする。……会いたかった」

コンラートはディアデを抱く腕に力を籠《こ》め、深い声で言った。コンラートも再会を懐かしんでくれているのだと嬉しくなったディアデは、抱きしめられたまま尋ねた。

「体の傷は、もういいのか」

「ああ。ようやくふさがったところだ」

「そうか……」

まだまだ本調子ではないのだ。そう思って顔を曇らせたディアデに、コンラートはやっと抱擁をとくと、ディアデの腕を取って自分のほうへ引き寄せた。それからジャンニに真っ直ぐ視線を向けた。

「こちらは？」

「ああ、シスレシアまでの道案内をしてくれたセフェルナルの兵士だ」

ディアデがジャンニを振り返って言う。

「ジャンニ、この男はコンラート。シスレシアの近衛兵隊長だ」

「ああ、お嬢さんの同僚か」

にこっと笑ったジャンニが、こちらも馬を下りてコンラートに言った。

「ごめんよ、お嬢さんが最短距離でシスレシアに帰りたいって言うもんだから、夜駆けて来たんだ。女の子に無理をさせちゃって、本当にごめん。よければ休ませてあげてよ」

性格だから仕方がないのだが、ジャンニはコンラートに対しても浮ついた口調で言う。聞いたコンラートはぴくりと眉を動かした。「休ませてあげてよ」という言い方が、まるで自分の恋人に気遣いを求めているように受け取れたのだ。

（しかも、二人きりでセフェルナルからやってきた……）

夜駆けてと言ったが、仮眠は取っているはずだ。仮眠を二人きりで……男と女の二人きりで、仮眠とはいえ眠るなど、未婚の女性の取る行動ではない。コンラートは穏やかな表情を作ったまま、内心では恐ろしく動揺した。

（まさか、まさかディアデはこの男と……？）

すでにそういう関係なのか、と思った。思ったとたん、嫉妬《しっと》なのか怒りなのか、どす黒い気持ちが一気に心に広がった。この十年、大切に見守ってきたディアデを、たった二ヶ月離れていた隙《すき》に盗まれた気分だ。ギリ、と奥歯を噛みしめた時。

「…ッ、コンラート！　馬鹿者、手を離せっ、わたしの腕を折るつもりかっ！」

「え……」

ディアデに怒鳴られて我に返ったコンラートは、ディアデの腕をギリギリと握りしめていたことに気づいた。すまない、と謝って慌てて手を離すと、ディアデが腕をさすりながら眉を寄せてコンラートを怒った。

「なんなんだ、いったい!?　おまえを怒らせるようなことを、なにかわたしはしたか!?」

「……」

ディアデに睨まれる。コンラートは真っ直ぐにディアデを見つめ返した。ジャンニとはどういう関係なのか、はっきりと確かめるべきだろうかと悩んだ。まだディアデに婚約の申し入れもしていないから、今の段階でディアデがどこの誰と交際しようがディアデの勝手だ。だが、二人の関係を確認しなければ、もしもディアデを奪《と》られていた場合、取り返す方法も決められない。迷った末に、コンラートは聞いた。

「ディアデ。そちらのジャンニ殿は、おまえの恋人なのか」

「……、……、はあぁっ!?」

コンラートはいつも直球でものを言うが、今回のこれは剛速球すぎて、ディアデは意味を理解するのに数瞬かかってしまった。そうして理解したとたん、あまりに馬鹿らしい質問で、開いた口がふさがらなくなった。まさしく唖然《あぜん》茫然だ。コンラートのほうは、自分で口にした「恋人なのか」という言葉だけで、きりきりと胸を痛めた。無意識だったが険しくなった目でジャンニを見ると、ジャンニはきょとんとした表情で答えた。

「いや、全然。お嬢さんと俺はなんでもないよ」

「それは誠に？」

「うん。たしかにお嬢さんは綺麗だよ。琥珀色《こはくいろ》の髪はさらさらで絹糸みたいだし、翠玉みたいな目も、見つめられたらひざまずきそうになるくらい魅力的だよ」

「……っ」

「それに、愛の女神も顔負けってくらい胸はでかいし、腰は細いし、脱がしたら美の女神も真っ青ってくらい美しいと思うよ」

「そういうことを、言わないでいただきたいのだが」

「でも本心だよ。それくらいお嬢さんは綺麗だけど、俺たちはただの友達だよ。いや、お嬢さんと口を利いたのは昨日が初めてだから、友達になっている途中かな？　でもなんで俺とお嬢さんが付き合ってるなんて思ったの」

ジャンニは、まったくわからない、という表情だ。コンラートはジャンニの言葉を、内心、ムカムカしながら聞いていた。ディアデへの褒め言葉が、すべて女性美を讃《たた》える言葉であることに我慢がならなかった。

（貴様に言われるまでもないっ、ディアデの美しさはわたしが一番よく知っているっ）

そう思うが、コンラートはどこまでも紳士なので、怒りを表には出さない。静かに深呼吸をして気持ちを静めると、微笑さえ浮かべて言った。

「あなたがディアデのことを、女性として扱っておられるから」

「ええ？　当たり前でしょ？」

ジャンニはますますぽかんとした表情を浮かべた。

「だってお嬢さんは女の子じゃないか。女の子を女の子として扱って、どこが変なの」

「だからジャンニっ、わたしを女扱いするなっ」

茫然自失から立ち直ったディアデが怒る。けれどジャンニはやっぱり不思議そうな表情で言った。

「え、でもお嬢さんは男じゃないでしょ、女でしょ。女騎士なんだから女じゃないか」

「そ、それは、そうだがっ」

「でしょ？　俺べつに、なんにも怒られるようなこと言ってないよね？」

「そ、そうだ、な……っ」

ジャンニの言葉はまったくもっともなので、言い返すこともできず、ディアデはうなるように答えて歯を食いしばった。王女殿下の侍衛騎士という役目に誇りを持っているから、ただの女の子扱いが受け入れがたいのだ。そのへんの女と一緒にするなとまでは思わないが、自尊心が傷つく。舐《な》められているような気がしてしまうのだ。苛立って、コンラートを振り返った。

「コンラートっ。おまえもなにか言えっ」

「……ああ」

低く答えたコンラートは無表情だ。ディアデははっとした。

「コンラート、傷が痛むのか?」

「え……ああ、いや。もうふさがったと言っただろう」

コンラートがいつもの微笑を取り戻して答えた。けれどディアデは、自分を気遣ってそう言っているのだと思い、真剣な表情でコンラートに言った。

「ふさがったとは言っても、まだまだ本調子ではないのだろう? 部屋に戻って体を休めろ」

「いやディアデ、それよりも、…」

「いいから。ジャンニにも部屋を用意させる。ジャンニ、ここまで無事に連れてきてくれて感謝する。おまえのほうこそ疲れているだろう、ゆっくり休んでくれ。とにかく王宮に入ろう」

なぜ自分たちは前庭で立ち話をすることになったのだと首を傾げながら、ディアデはコンラートの腕を引いて王宮に向かった。

使用人にジャンニの世話を頼み、コンラートには寝ていろと命じて、ディアデは自分の部屋へ足を向けた。ディアデはリンディの侍衛騎士だ。二十四時間、リンディを警護するのが任務だったから、部屋も当然リンディの寝室の続きの一部屋を与えられていた。懐かしい自室に入り、以前とまったく変わっていない様子にほっとして、一気に緊張が抜けた。セフェルナルにも自分の部屋はあるが、リンディと違って自分は生涯シスレシアの国籍だ。異邦人という気持ちは消せないし、離宮の部屋も、宿屋で暮らしている気分だった。

「……少し、身の回りのものを持って帰るか……」

使い馴れたものがあれば、セフェルナルでの暮らしも少しは慰められる気がした。

使用人に頼んで湯浴みの用意を整えてもらい、手早く体の汚れを落とした。皇太后に会うのに薄汚れたままでは無礼だからだ。久しぶりに侍衛騎士の制服を身につけると、それだけで気持ちが引き締まる。これが本来の自分だと思いながら、王宮と回廊でつながった離れの館へ向かった。

皇太后の私的な居間へ通されたディアデは、恐縮と緊張で体を硬くして皇太后に礼をした。

「騎士ディアデです、皇太后殿下。このような夜分に急なお目通りをお許しくださって、ありがとうございます。お元気であらせましたか」

「久しぶりですね、ディアデ。わたくしはこのとおり、まだまだ元気ですよ」

四十をいくつか過ぎたばかりの皇太后は、さすがリンディの母親、と納得してしまう美貌《びぼう》で、にっこりとディアデにほほ笑んだ。頭を上げたディアデは、皇太后を見て、顔色も声の調子もお元気そうだと思い、ほっとした。リンディも安心するだろうと思った。

「先王陛下のお加減は……」

「ええ。セフェルナル国王のご配慮で、バウンホーフからこちらへ戻ることができたのです。ウンターヴィーツは季候もよいし、住み馴れた王宮に戻れたことで、気鬱《きうつ》も幾分かよくなられたご様子。わたくしも安心しています」

「ああ、そうですかっ。本当に、本当にようございましたっ」

気鬱の病で抜け殻のようになってしまった先王、つまりリンディの父親を、当然ながらリンディは心配していた。少しは回復したとわかれば、リンディも喜ぶだろうと思い、ディアデも嬉しくなる。皇太后はディアデに椅子《いす》を勧めて、言った。

「それで、ディアデ。あなたがわざわざこちらに戻ってくるなど、セフェルナルでグリューデリンドがなにか不始末でも……？」

皇太后がふっと心配そうな表情を浮かべる。ディアデは椅子に腰掛けると、生真面目な顔で言った。

「王女殿下のご結婚式での、花嫁の付添人のことで、殿下よりご相談を預かって参りました」

「相談とは？」

「はい。王女殿下はたったお一人でセフェルナルへ行かれ、まだふた月。付添人を頼むどころか、ご友人の一人もいらっしゃいません。殿下の姉君様はすでにご結婚なさっておられますし、ほかに独身の姉妹もいらっしゃいません。シスレシアでのご友人を付添人にするのも、後々選ばれた、選ばれなかったでご友人同士、諍《いさか》いになるのではないかと殿下はお考えになり、お悩みでいらっしゃいます。このままではシスレシア第二王女のご結婚だというのに、付添人がいないという前代未聞の事態になります。そこで、皇太后殿下にご相談を申し上げに参ったのです」

「まあ、あの子はなにを考えているのかしら」

ディアデから説明された皇太后は、おっとりと驚いた。

「付添人はこちらから派遣しますとも。もうグリューデリンドの従姉妹たちに申し伝えてあります」

「しかし、殿下は従姉妹殿たちとは親しくないと仰せでしたが」

「あの子が親しくしているのは、ディアデ、あなただけよ」

「はっ？」

「宮廷の取り巻きたちを友人だとあの子は思っているでしょうね。けれどあの子は、取り巻きたちの誰一人にも、心の内を打ち明けたり、秘密を分かち合ったりはしていないわよ。友人の役目はディアデ、あなたが担っていましたからね」

「いえ、わたしは……」

「王女としては、優等生だったのよ、グリューデリンドは。いつでもどこでも、誰にでも、等しく親切にしていたでしょう」

「……ああ、はい」

そうだったのか、とディアデは今さら理解した。晩餐会でも舞踏会でも、宮廷でのお喋りでもピクニックでも、リンディはいつも王女だったのだ。誰にでも優しく親切でいた代わりに、特定の誰にも心の内を知らせなかった。深く関わることをしなかったのだ。主から友人の役目も与えられていたと知って、ディアデの胸は喜びでふるえたが、同時に、友人を作れなかったリンディの立場を思うと胸が痛んだ。

皇太后も、小さなため息をこぼして言った。

「結婚して外に出れば、王族の重責から逃れることもできます。そうすれば個人的に親しい者を作ることもできたでしょうね」

「王女殿下は、今度は、セフェルナル皇太子妃におなりです」

「そうね。結婚をしても王族ね。……けれど、今度はアルナルド皇太子殿下がそばにいらっしゃいます。悩みも心配も、すべて皇太子殿下と分かち合えるでしょう。心配はいりませんよ」

「……はい」

「それにしても、あの子は」

皇太后は頭痛がするとでもいうように、額に手を当ててこぼした。

「式まで八ヶ月しかないというのに、付添人の心配しかしていないなんて、のんびり屋さんにもほどがあります」

「は、はあ……」

「こちらではすでに、花嫁道具も、花嫁衣装の意匠職人も仕立屋も、針子も生地職人も、それに宝石商も細工職人も、ともかくも、花嫁の仕度にかかるすべての人や物は手配ずみなのですよ」

「そうだったのですかっ」

「そうですよ。あの子が相談をしてくるまでは、こちらから口を出すような差し出がましい真似はできないでしょう。セフェルナル王家に対して無礼を働くことになります。だからあの子からの連絡を待っていたのですよ。それなのにもう、あの子はなにを呑気にしているのかしら……」

そう言って、皇太后は大きなため息をついた。ディアデは、さすが皇太后殿下、すべて手配くださっていたとは、と感動したが、それに引き替え自分は、と落ちこんだ。

(皇太后殿下が仰せのとおり、殿下がわたしのことを友人のように思ってくださっているとしても……)

付添人という悩みを持ちかけられても、なにも答えを出せなかった。ドレスの相談にも乗れないし、役に立てることといえば夜駆けての伝令くらいだ。もしもシスレシアにいた時の小間使い、ドロテーが今もリンディのそばに仕えていたら、リンディに付添人の心配をさせる前に、式の日取りが決まった時点で皇太后にいろいろと聞いただろう。

(殿下をお守りするのがわたしの役目とはいっても、今のわたしは役立たずすぎる)

そう思い、ため息を呑みこんだ。

リンディののんびりぶりに呆れ返った皇太后が、リンディに宛《あ》てて長い長い手紙をしたためた。おそらくは花嫁仕度に関するありとあらゆる指示なのだろう。それを託され、ディアデは気持ちを引き締めて皇太后の前を辞去した。

部屋を出たところで、ディアデは目を見開いた。コンラートが待っていたからだ。

「コンラート！　動き回っていたらまた傷が開くぞ、休んでいろっ」

「大丈夫だ」

コンラートはいつもの穏やかな微笑に、三割ほど甘さを加えた笑みでディアデを見つめた。

「せっかくディアデが戻ってきたというのに、休んでなどいられない」

「コンラート、そう言ってもらえて嬉しいが、わたしはすぐにセフェルナルに戻らなければならない。ゆっくりはしていられないのだ」

「すぐに戻るのか？」

コンラートはたちまち眉を寄せた。

「またジャンニと二人きりで？」

「わたし一人では二日でセフェルナルまで戻れないからな。ジャンニもいい迷惑だと思うが、頼むしかない」

「ずいぶんとジャンニを信頼しているようだ」

「ああ。ジャンニは親切な男だ。心配するな、無事にセフェルナルへ戻る」

「そういうことではないんだがな」

コンラートは深いため息をつき、続けた。

「ディアデ。ジャンニは男だ」

「当たり前だ、ジャンニは男だ。それがどうした？」

「ディアデ……」

コンラートはさらに深いため息をこぼすのだ。なんなんだ、とディアデも眉を寄せた。

「ああ見えてジャンニは素晴らしい兵だぞ。馬の扱い、体力、地理の知識、どれを取っても一流だ。本当に心配するな」

「だからそうじゃない」

「じゃあなんだ。はっきりと言え」

「いや、だから……」

「なんだ。変な奴だな。わたしに言うこともないのなら、そろそろ出発する。次に会うのは王女殿下の結婚式だな。それまでにはしっかりと体を治しておけ」

「ああ、ディアデ、ディアデ」

言うだけ言って、ディアデはジャンニの部屋へ足を向けた。コンラートがまとわりつくといったふうに、ディアデのあとをついてくる。

「ディアデ、お願いだ。二人きりで話がしたい」

「話？　任務のことか？」

「いや、きわめて私的なことだ」

「……どうした。なにか相談か？　身内で困ったことでも起きたか？」

コンラートから私的な話を持ちかけられるなど初めてで、ディアデは心配になってコンラートを見た。コンラートは半分笑んで、半分困っているというような、妙な表情で答えた。

「いや、まったく困りごとではない。いや、待て、困りごとかもしれない」

「なんだ、はっきりしない奴だな。火急の相談ではないのならまたにしてくれ。わたしは皇太后殿下からの書状を、できる限り早く王女殿下にお届けしなくてはならないんだ」

「ああ、ディアデ……」

ディアデはおろおろと自分にまとわりつくコンラートを引き連れて、カツカツと靴音も高くジャンニの部屋へ向かった。

ジャンニの部屋の前まで行くと、なぜか衛兵が立っていた。シスレシアの君主国であるセフェルナルの兵に見張りを置くなど、ふつうでは考えられない。ディアデは眉を寄せて衛兵に尋ねた。

「なぜセフェルナル軍の正規兵の部屋に見張りがいる？」

「騎士ディアデ。見張りではありません、ジャンニ殿からの言伝《ことづけ》を預かっているので、騎士ディアデをお待ちしていました」

「言伝？」

「はい。セフェルナルへ発つのは、明朝八時、ということです」

「明朝八時だと⁉　なにを悠長なことを、…」

頭に血が上って怒鳴りそうになったところで、気がついた。

(そうだった、砂漠越えの時間調整があるのだったな)

そういうことならば仕方がないと納得した。それに、どう強がってみても疲労が激しい。自分自身、今夜はしっかりと睡眠を取ったほうがいいと思った。

「ではわたしも今夜は休むことにする」

「本当か、ディアデ。今夜は王宮にとどまるのか」

ぱあっと表情を明るくしてコンラートが言う。ディアデは自分の部屋へ戻りながらうなずいた。

「ああ。ほとんど寝ずに来たからな。大切な書状をお預かりしているのだ、砂漠も山脈も、万全の体調で越えたい」

「それならディアデ、少し話がしたい。疲れているとは思うが、少しでいいから、二人きりで」

「うん？　ああ、そうだったな」

ディアデはうなずいた。困っているようで困っていない、急ぎではないけれど、なにか相談事があるのだったと思いだした。

コンラートに促される形で庭園に出た。瀟洒《しょうしゃ》な意匠の常夜灯があちこちに立ち、地面にもランプがたくさん置かれてある。昼間でも美しい庭園は、夜の今、それらの橙《だいだい》色《いろ》の明かりに照らされて、さらに幻想的な美しさを見せてくれた。

「夜の庭園に出るのは初めてだ。なんとも美しいな……。殿下がお小さい頃、魔法の国へ行きたいとよくおっしゃっていた。あの頃の殿下にお見せしたい」

ディアデがほうと感心の吐息をこぼす。コンラートは黙ったままだ。少しの沈黙が続き、ふいにコンラートが言った。

「これからずっと、セフェルナルで暮らすのか」

「うん？　ああ、もちろんだ。殿下がセフェルナルでお過ごしになるのだから、騎士であるわたしもセフェルナルで過ごす。当然だろう」

なにをわかりきったことを、と思ってディアデが振り返ると、コンラートは怖いほどに真剣な表情をしていた。

「では一生をセフェルナルで？」

「そうなるだろうな。殿下はセフェルナルの皇太子妃となり、そののちはセフェルナル王妃となられる。あの皇太子に嫌気が差した殿下がシスレシアにお戻りにならない限り、騎士であるわたしもシスレシアには戻らない。殿下のおわすところ、常にわたしがいるのだ」

ディアデはそれを心底誇らしく思って、胸を張ってそう言った。ところがコンラートはそれを喜んでくれるどころか、なぜか困惑し、しかも落ちこんでいる様子を見せるのだ。なんだ、と思ったディアデはコンラートの目を覗きこんだ。

「どうした。やはり具合がよくないのか？」

「ディアデ……」

コンラートも見つめ返してくる。真剣な表情だし、緊張もしているようだ。心なしか瞳も潤んでいる……そう思ったディアデは、もしやと思ってコンラートの額に手を当てた。

「……熱はないようだな……」

「…っ、ディアデ…っ」

とたんにコンラートが声を立てて笑ったのだ。どうした、と驚いて尋ねると、コンラートは恐ろしく予想外なことを言った。

「こういうディアデだから、わたしは好きなんだ…っ」

「そうか、それはありがとう。しかし熱もないようだが、いったいどうしたんだ、話がつながっていないぞ……」

「セフェルナルまで、馬を飛ばせばたったの四日だからな」

「あ？　ああ。セフェルナル流で駆ければ二日だ、心配するな。それよりおまえの様子がおかしいと、……」

「ともかく、船で旅をするような遠方ではないのだから、まだよしとしよう」

「コンラート……。さっきからなんなんだ。一つ一つの言葉はわかるが、全体として意味がつながらない。おまえがなにを言いたいのか、わたしにはさっぱりわからない」

ディアデは困惑した。まったく脈絡のないコンラートの言葉や挙動が不審すぎる。熱はないが、どこかがどうかしているに違いないと思って、心配してコンラートの様子を検分していると、コンラートはふうと息をつき、ディアデにひどく甘い微笑を向けた。

「右手を貸してくれ」

「ああ……」

またおかしなことを言いだした、と思いながらも素直に右手を差しだす。コンラートはその手を大切そうに取ると、懐から取りだした指輪を薬指にはめた。

「指輪……？」

右手の薬指。そのことに毛ほどの意味も見いださないディアデだ。単純に渡されたものに興味を持ってよく見ると、どうやら小さなダイヤがついている。ゆるゆるでディアデの指には大きすぎるから、これはコンラートの私物なのだろうと判断した。

「美しい指輪だな。細工もとても素晴らしい」

ダイヤは非常に高価で、貴族であろうともなかなか手に入れられない宝石だということはディアデも知っている。ディアデの生家でも母親が数点持っているだけだ。これは代々ザウアー家に伝わる指輪なのだろうかと思い、無邪気に何度も指輪を褒めた。

コンラートは、ディアデが右手の薬指にはめられたことを喜び、指輪自体も気に入ってくれたのだと盛大な勘違いをした。指輪ごとディアデの手を握り、ほほ笑んではいたが真剣な気持ちで言った。

「これをディアデに差し上げたい」

「……いや、馬鹿なことを言うなっ、こんな高価なものを貰えるわけがないだろうっ」

仰天したディアデがそう言うと、コンラートはディアデを見つめる目に熱を籠めて、さらに言った。

「ぜひディアデに受け取ってもらいたい。ディアデ以外に指輪を渡す気はないんだ」

「おい、…」

「ディアデがセフェルナルへ行ってしまう前に、いや、それよりももっと早く渡しておくべきだった。まったく大きさが合っていなくて申し訳ないが、それはいずれ直すから。今はこれを受け取ってくれるだけでいい。どうだろうか？」

「しかしコンラート、こんなに高価なものを……」

「わたしからでは受け取れないか？　わたしでは、ディアデに指輪を渡す資格がないか？　わたしでは不満か？」

「なにを言いだすんだ、コンラート。おまえのどこに不満があるというんだ？」

「それならこれを受け取ってくれるか」

「しかし、高価すぎて気が引ける」

素直にそう言った。もちろんコンラートは、こんなに素敵な婚約指輪を貰えて恐縮だ、という意味にとらえた。深い安堵の息をつくと、それまでの真剣な表情を笑顔に変えて、ディアデの手を握りしめたまま、コンラートは言った。

「受け取ってくれて、本当に嬉しい。次にディアデに会えるのは、王女殿下の婚礼の儀式の日となるだろうが、それまでの間、この指輪を見たらわたしのことを思いだしてほしい」

「ああ、うん……」

「本当は、ずっとディアデのそばにいたいが、そうもいかない。だからわたしの代わりに、この指輪を」

「ああ、そうか」

指輪を見たら自分のことを思いだせだの、なにやら今生の別れのようで大げさだな、と思っていたディアデは、やっと意味を理解した。宝石は魔除《まよ》けとしても用いられる。だからコンラートは砂漠と山脈越えをするディアデの身を案じて、そしてもちろん、これからの日々に加護があるようにと、自分の指輪、それもこんなに高価な指輪をお守りとして譲ってくれたのだ。

ディアデはコンラートの思いやりに感激した。

「ありがとう、コンラート。この指輪、必ず大事にするっ」

「ディアデ……」

コンラートがゆっくりとディアデを抱きしめ、腕に力を籠めた。

「帰したくない……、ディアデ……」

囁きだったが、声音は深い。ディアデは励ますようにコンラートの背中を軽く叩いた。

「案ずるなコンラート。わたしとジャンニ、つまり兵士の二人連れだ。そんな二人は盗賊も狙《ねら》わない」

「ディアデ……、そんなことを言わないでくれ……」

「本当に心配するな。たとえ賊に襲われたとしても、ジャンニはああ見えて、カッジオが奨《すす》めてくれたほど腕の立つ男だ。ジャンニを守らなくていい分、わたしは賊に集中できる。どのような者どもでも返り討ちにしてくれる」

「ディアデ」

自信満々で言ったディアデを、コンラートはますます強く抱きしめた。ディアデが自分以外の男を褒めること、それがどんなことであれ、我慢がならなかった。自分よりもジャンニのほうが頼りになる、優れている、と言われているような歪《ゆが》んだ嫉妬心や、ディアデの心がジャンニに傾いているのではないかという猜疑心《さいぎしん》が湧いてしまった。

「そんなことが起きたら、わたしはジャンニに決闘を申しこんでしまう」

絞りだすような声でコンラートが言ったので、もちろんディアデは驚いた。

「おい、なんでそうなる!?」

「ディアデが王女殿下の騎士であるなら、わたしはおまえの騎士になりたいからだ」

「なにを言いだすんだ、わたしよりおまえのほうが身分が上ではないか、未来の侯爵がただの伯爵の娘の騎士になるなどあり得ないだろう」

「ディアデ、わたしが言っているのは身分の問題ではない」

「それならなんだ。そもそも、騎士に騎士がつくなど聞いたことすらないぞ。階級にしろ、侍衛騎士より近衛兵隊長のほうが上ではないか。いったいどうした、なぜこんな馬鹿なことを言いだしたんだ?」

ディアデは心底わけがわからなくて、体調不良だから頭が混乱しているのかと心配した。ディアデ以外の女性なら、あなたの騎士になりたい、と言う言葉を聞いただけでこれが求婚だと気づいただろうが、ディアデはコンラートを異性として認識したことがないのだ。困り果ててコンラートの背中をさすってやると、コンラートがゆっくりと抱きしめる腕をといた。

ディアデの両肩をそっと摑み、ディアデの魅力的な碧色《みどりいろ》の瞳をじっと見つめた。

「ディアデを守るのは、わたしの役目だからだ。万が一にも、その役目をジャンニに奪われたくはない」

「ああ、やはり盗賊を心配してくれているのか」

「これまでそうだったように、これからも、ディアデの隣にいるのはいつだってわたしだけでいたいのだ」

「そうだったのか、コンラート……」

ディアデは嬉しくなって、にっこりと笑った。こんなにも親しみを持ってくれているとわかって嬉しかったのだ。思えば兵学校に入った時からコンラートは親切だった。十三歳だったコンラートは、あの時すでに、小伯爵という風情を身につけていたのを思いだす。皆、幼かったということもあるだろうが、全体の九割以上が男だった兵学校で、ディアデたち女子は遠巻きにされていた。悪意を持って仲間に入れないというのではなく、どのように話しかけ、どのように接すればいいのかわからない、といった様子だった。その中で、コンラートだけは少しも気後れせずにディアデに話しかけ、まったく自然に学友として、また訓練兵として接してくれた。成長し、配属が決まって一人前の兵士になってからも、コンラートだけはディアデを「女性」ではなく、「一人の兵士」として対等に接してくれた。それは今でも変わらない。

（本当にいい奴だ、コンラートは）

ディアデは感動した。斜め上どころか、強力な斥力《せきりょく》が働いているかのように核心から遠く離れた理解だったが、コンラートへの好意は深まった。コンラートを真っ直ぐに見つめ、コンラートの動悸《どうき》を速めさせながら言った。

「わたしもおまえが隣にいてくれて心強い。これからもよろしく頼む」

「ああ、よかった……っ」

そう言って、コンラートは実に晴れやかな笑顔になった。

「安心した。今夜ディアデに会えてよかった、いつも指輪を持ち歩いていた甲斐があった。次に会った時こそ、きちんとした申しこみをする。今日は時間がなくて、こんな場所ですまない」

「気にするな。かしこまって言わなくとも、おまえの気持ちはよくわかっている」

「そうか」

コンラートは幸せそうにうなずいて、またディアデの手を握った。

「よければわたしの部屋でお茶でも飲まないか」

「いや」

ディアデはきっぱりと首を振った。

「いろいろと話もしたいところだが、疲れているのだ。もう休みたい」

「あ……、ああ、そうだったな」

いけない、と反省をしてコンラートは手を離した。婚約の申しこみを受けてもらって舞い上がっていたが、ディアデはほとんど眠らずにセフェルナルから駆けてきたのだ。ディアデの恋人として、また未来の夫として、ディアデを労《いたわ》ることを忘れていたとは、紳士にあるまじきことだ。コンラートは反省して、ディアデの腰に手を当ててエスコートした。

「それでは部屋まで送ろう」

「過保護だぞ、コンラート。宮殿の中で送るだなどと」

「いいだろう。送りたいんだ」

ふふふ、とコンラートが笑う。機嫌がいいのだろうが、それをここまで外に表すコンラートはめずらしい。けれどディアデも、久しぶりに親しい友人であり幼なじみであるコンラートに会えて嬉しい。促されるまま、自分の部屋へ向かった。

「では、おやすみ、ディアデ」

「ああ。今夜は会えてよかった」

ディアデを部屋の中に入れ、そっと扉を閉めたコンラートは、ふわふわと甘い気分で扉に寄りかかった。真っ直ぐで、潔くて、とても美しいディアデが婚約指輪を受け取ってくれた。婚約を受けてくれた。今でも信じられないくらいに嬉しい、と思う。

(初めて、ディアデを抱きしめた……)

思っていたよりもずっと細くて小さくて、そして柔らかい体だった。騎士とはいっても、やはり女性なのだとしみじみと思った。今度はいつ抱きしめることができるだろう……。

「ディアデ……」

愛している、と心の中で呟き、コンラートはしばらくその場に立ち尽くしていた。

一方、自分が婚約を受けたとは微塵《みじん》も思っていないディアデは、制服を脱いで下着姿になると、そのまま寝間着も身につけず寝台に転がった。ふぅー、と長い息をついてしまうくらい、気持ちがいい。徹夜の強行訓練の時よりも疲れた、と思って苦笑したディアデは、すうっと眠りに引きこまれそうになったところで、右手の違和感に気づいた。

「……ああ、指輪か」

大切なコンラートから譲られた、大切な指輪だ。ディアデの無事を願う気持ちも籠められている。なくしては一大事だと思い、疲れた体を無理やりに起こして、物入れから、昔リンディに貰った美しい水色の絹紐を取りだした。それに指輪を通し、首から提げた。これならなくす心配はない。ディアデは指輪を握りしめ、コンラートにも加護がありますようにと祈り、今度こそ寝台に倒れこんで眠った。

翌朝。八時の出発に間に合うように身支度を整えて前庭に出てみると、すでにジャンニは来ていて、馬の手入れをしていた。

「おはよう、ジャンニ。昨夜《ゆうべ》はよく眠れたか？」

声をかけると、ジャンニも笑顔で答えた。

「よく眠れたよ、ありがとう。びっくりするくらい豪華な部屋だったし、朝飯もすごく旨《うま》かった。ほかにもいろいろ親切にしてもらって、なんかかえって悪かったね。厩《うまや》の隅でも貸してくれたらそれでよかったのに」

「馬鹿を言うな。客人を厩になど寝かせられるか。食事も口に合ったようでよかった。申し訳ないが、帰りも案内を頼む」

「はい、お任せあれ」

おどけたジャンニの返事に二人で笑った。よし、と気合いを入れてディアデは自分の馬にまたがった。

「行くか」

そう言った時だ。

「ディアデ！　ディアデ、待ってくれ！」

「…コンラート？」

振り返ると、コンラートが全力で駆けてくる姿が見えた。この時間ならちょうど、朝の会議を終えたところだろう。なにかあったのかと緊張したディアデに、そばに来たコンラートは軽く息を整え、それからディアデに手を差しのべた。もちろんディアデは当惑する。

「なんだ。手をどうする」

「おまえの手を、ここに」

「うん？」

素直にコンラートの手に自分の手を重ねると、あろうことかコンラートが、指先に口づけを落としたのだ。リンディがこうしたキスを受けるのは年がら年中見てきたが、自分がされるとは予想だにしなかった。しかも自分は騎士で姫君ではない。事態が理解できずにディアデは混乱した。

「……コンラート？　これはなんの真似だ……？」

「うん。無事にセフェルナルまで行けるようにと」

「ああ」

祈りのキスだったのか、と納得した。やはりコンラートはいい奴だと思った。コンラートはディアデにゆっくりとうなずいてみせると、ジャンニに視線を向けた。

「ディアデをよろしく頼む。わたしの大切な女だ」

「なんだ、そうだったのか。ちっとも知らなかったよ、お嬢さんがなにも言わないからさぁ。そういうことなら任せてよ。なにがなんでも無事にセフェルナルへ連れて帰るからさ」

目を丸くしたジャンニは、次にはにっこりと笑ってコンラートに約束した。

コンラートに見送られて出発する。山頂湖を渡り、馬車道をゆっくりと下りながら、思案顔でジャンニが言った。

「でもお嬢さん、いいのかい？　本当に今日、セフェルナルへ戻るつもり？」

「当然だろう」

「何日か滞在してもいいよ？　久しぶりにコンラートと会ったんでしょ？　もっとゆっくり話とか、まあその、いろいろしたいことがあるんじゃないの？」

「馬鹿を言うな。皇太后殿下より大切な書状を預かっているのだ。一刻も早く王女殿下にお届けしなくてはならない。遊びに来たのではないのだぞ」

「ああ、まあ、そうだけどさ……」

そう言ったジャンニはなぜか悲しそうな表情で続けた。

「でも、コンラートと離れているのは寂しいでしょ？」

「いや、寂しくはないな。ずっとそばにいたから、離れていると妙な気はするがその程度だ。それに昨夜、指輪を貰ったからな」

「へえ、指輪？　素敵なのかい？」

「ああ、とても美しい。ダイヤがついているのだ」

「ダイヤの指輪!?　なんだ、そうだったのかっ！　そいつはおめでとう、お嬢さんっ。いい土産話ができたよっ」

ジャンニが明るく笑ってそう言うので、なにが土産話なのだと不思議に思ってディアデは尋ねた。

「指輪を貰うことが土産話になるのか？　セフェルナルでは、大事に思う人に指輪を渡す習慣はないのか？」

「うーん、王族くらいかなぁ。ほかは皆、農民や漁師や商人で、ダイヤどころかただの金の指輪だって買えないからね」

「ああ、そうなのか」

「代わりに俺たちは、気持ちを詩にして、それを歌って聞かせるんだ。だからセフェルナルの男は皆、歌がうまいよ。ここぞって時に下手くそな歌は聞かせられないからね」

「なるほどな。風習の違いか、面白いな」

ディアデは真面目な表情でうなずいた。ジャンニが求婚の仕方を説明しているとはまったく気づいていない。

さて、行き同様、帰りも道も国境も無視をして駆け抜け、疲労困憊《ひろうこんぱい》ながらも無事にグラーツェンへと帰り着いたのは正午だった。

「殿下、ディアデただいま戻りました」

離宮に着いてすぐ、馬を下りた足でリンディの部屋へ向かった。リンディはなにやら難しい顔で書類を睨んでいたが、ディアデの姿を認めると、たちまちとろけるような微笑を浮かべた。

「ああディアデ、無事に帰ってきたのね、よかったわ」

立ち上がって自分からディアデを抱きしめた。

「疲れているでしょう、話はあとでもいいわ、とにかく休みなさい」

「ありがとうございます、殿下。わたしは大丈夫です」

きゅうとリンディに抱きしめられたディアデは、こんなふうに主に労られ、疲れを忘れて答えた。

「殿下、付添人のご心配はいりません。すべて皇太后殿下がお考えでした」

「まあ、お母様が？　わたし、まだなにもご相談していないのに」

リンディが目を丸くする。ディアデは皇太后が言っていた、のんびり屋さん、という言葉を思いだして、ふっと微笑して答えた。

「皇太后殿下より書状を預かって参りました。ご覧になれば殿下のご心配はすべて消えることでしょう」

「そうなの？　よかったわ。付添人だけではなく、わたしの仕度はわたしがしなければならないということに、ディアデがシスレシアへ行ってしまってから気がついたのよ。仕度といっても、ドレスとティアラ以外になにも思いつかなくて、どうしましょうと思っていたの」

アルナルドに相談したけれど、まったくあてにならないのよ、とリンディが口をとがらせた。本当にお可愛らしいと思ったディアデは、大切に懐《ふところ》にしまっていた書状を渡した。

「またなにか不安に思うことがあれば、いつでもディアデにおっしゃってください。夜中であろうと明け方であろうと、ディアデはいつでもシスレシアまで駆けていきます」

「まあディアデ。ありがとう、大好きよ」

またリンディがきゅっと抱きつく。甘えられ、頼りにされて、ディアデの胸は誇らしさでいっぱいになった。

母親からの手紙で、やるべきことが膨大にあることを知ったリンディは、これまで以上に忙しくなった。あれやこれや指示をして、指示された者が確認をしにやってきて、また指示をする。もちろんあちこち動き回るわけではなく、一日中、居間で指示出しをしているのだが、何十ものことを同時に考え、判断し、指示を出すのは、頭が朦朧とするほど疲れることだろうと、そばで見守っているディアデは思う。

そう。見守っている。

ディアデには、多忙をきわめるリンディを手伝えることが何一つない。ドレスや髪型や宝飾品は、リンディや女官たちが話していることさえ理解できないし、招待状に用いる用紙やインクの色はわかるが、その組み合わせで、格がどうの品がどうのとなると、ちんぷんかんぷんになる。それにリンディは、セフェルナル語をすでに流暢に操って女官たちと話しているので、会話の速さについていけないということもある。それをわかっているリンディも相談をしてこない。だからディアデは見守ることしかできない。部屋の隅に突っ立って、そっとリンディを見つめるだけだ。

（……置物にでもなった気分だな）

内心で自嘲《じちょう》した。

リンディが王宮へ招待客の打ち合わせに行く時は、もちろんディアデはしっかりと警護について、王都まで送る。が、王宮に入ったところで、リンディの警護は近衛兵の役目となるので、ディアデはそこで別室に案内されて、リンディの用事がすむのをひたすら待つのだ。以前カッジオから、王女殿下のわんちゃんと侮辱《ぶじょく》されたが、今の状況はまさにリンディの愛玩犬だと思い、果てしなく落ちこんだ。


そんなある日、シスレシアから、花嫁衣装の制作に携わる職人たちが大挙してやってきた。何台も馬車や荷車が連なる行列を見て、セフェルナルの人々は驚いたことだろう。どことも同盟を結んでいないセフェルナルに、こんなにたくさんの外国人が一度に来ることは初めてだっただろうと思うのだ。

そうして離宮は一気に華やかに、賑《にぎ》やかになり、リンディの忙しさもさらに増した。職人たちはセフェルナル語を使えないから、使用人たちとはセフェルナル語、職人たちとは当然シスレシア語での会話になる。まったく戸惑うこともなく相手に合わせて二言語を操るリンディに、ディアデは心底感心した。それにしても、聞き取ろうと意識しなくても言葉がわかると、恐ろしく気持ちが楽だ。べつにふだん疎外されているわけではないが、シスレシアから職人一行がやってきたことで、なんとなく仲間ができたようで、ディアデは嬉しくなった。

無意識に微笑を浮かべたところで、リンディから声がかかった。

「ディアデ、ちょっと来て」

「はい、殿下」

呼ばれたので近くに寄ると、リンディは一枚の生地を使用人に持たせて広げてみせた。

「この色なのだけれど、わたしに似合うと思う？」

それは、王家の青とも言われているサファイア・ブルーと、セフェルナルの国旗にも使われているマラカイト・グリーンを混ぜたような、なんとも言いがたい、けれどお世辞抜きで美しい色の布だった。リンディの黄金色の髪と碧玉《へきぎよくしよく》色の瞳に恐ろしく似合う。ディアデは頬を紅潮させて答えた。

「もちろんです、殿下!!　素晴らしく、素晴らしくお似合いですっ」

「本当？」

「本当ですともっ。殿下ご自身が宝石のようにお美しいのですから、なにをお召しになっても、素晴らしい花嫁になることは間違いがありませんっ」

拳まで握って力強く請け合うと、小間使いや女官たちがひっそりと苦笑をしたので、なにかおかしなことを言っただろうかと不審に思った。リンディはさざめきのような使用人たちの笑いをさらりと無視し、ディアデににっこりと美しい笑みを向けた。

「ありがとう、ディアデ。舞踏会で着るドレスにするのよ」

「そうでしたか。シスレシアとセフェルナル、両国を表す色が入っているように見えます、舞踏会にはふさわしいと思います。殿下の美しさを引き立てることは間違いがありませんっ」

「まあ、色について気づいてくれたのね、嬉しいわディアデ」

リンディを喜ばせることができて、ディアデの胸は満足感でいっぱいになった。

広い居間は仕立屋のような有様になっている。使用人たちがいくつもの生地見本を広げてみせたり、ドレスや宝飾品の意匠が描かれた用紙を掲げ持っていたりと、大混雑だ。以前はなにかと口出ししてきたアルナルドが、今ではすっかり部屋に顔を出さなくなったのもうなずけた。そんな中でディアデは、リンディに呼ばれたからということもあるが、リンディからちょっと離れた脇《わき》に立っている。忙しく動き回る使用人たちは、ディアデの前を横切る時、いちいち丁寧に膝を折って礼をする。顔にも態度にも表さないが、明らかに彼女たちは自分を邪魔に思っているだろう。

(ああ、申し訳ないな……)

気づいたディアデがそろりと部屋の隅へ退散しようとしたが、目ざとくそれに気づいたリンディが言った。

「ここにいてちょうだい、ディアデ。あなたの衣装も作るのだから」

「…は!?」

耳を疑った。今なんと？　と目を丸くして尋ねると、リンディは、うふ、と可愛らしく笑って言った。

「結婚式であなたが着る衣装よ。わたしのドレスとお揃《そろ》いになるように作ろうと思っているの」

「おおおお揃いとは…!?」

「心配しなくても平気よ。ドレスではないわ、ちゃんと騎士の衣装よ。生地やレースをわたしとお揃いにするの。わたしは腰を締めるのよ、だからあなたは腰高の位置で締めるような意匠の上着にしようと思って」

「それ、それは……」

要するに、純白の騎士服、ということになる。それも、レースをこれでもかと使用した、はなはだしく華美なものになるという確信があった。ディアデは青ざめたが、主に向かって嫌ですと言うことは許されない。しかし承知しましたとも言いたくないのだ。混乱し、狼狽《ろうばい》し、なんとかしなくてはと思うディアデに、リンディはにっこりとほほ笑んで言った。

「もちろんあなたの意見も取り入れるわよ？　ディアデとお揃いのドレスで結婚式を挙げられるなんて、なんて素敵なのかしら」

「あ、そ、そうですね……っ。あの、わたしは、ああそうだっ、近衛兵と警備の打ち合わせがあるのでしたっ、申し訳ありませんが殿下、わたしは少しおそばを離れます」

「あら、近衛兵と？　それなら仕方がないわね。いってらっしゃい、ディアデ」

すんなりと許しが出た。ディアデはほっとして、逃げるように部屋を出た。

「これで少し時間ができた…っ」

あてもなく離宮の通路を歩きながらディアデは考えた。リンディが衣装を作ると言ったら、天地がひっくり返ろうが冥界《めいかい》の扉が開こうが作るのだ。絶対の決定なのだ。だからディアデの衣装も作られる。今後ディアデにできることといえば、なにがあっても純白だけは避け、可能な限り、極力、地味にしてもらうことだけだ。

「殿下に内密で意匠職人に相談してみるか……」

自分でもどうかと思うが、こと被服に関してはまったく関心がないのだ。わからない、わからないと言って無駄に悩むより、専門家の手を借りたほうがいいと思った。

「わたしはわたしのやるべきこと……」

そこまで言って、ため息をこぼした。自分にやれることなど……。

「……ああ、警備があるではないかっ」

リンディの忙しさを見守ることに忙しくて、本来の自分の職務を忘れていた。不覚、と唇を引き締めて、近衛兵の詰め所へ足を向けると、向こうから使用人が小走りで近寄ってきた。

「ディアデ様っ、よかった、こちらにいらしたんですねっ」

「わたしを探していたのか？　すまない。王女殿下がお呼びか？」

「いいえ、ディアデ様にお手紙が届いております」

お部屋にお持ちしたのですがいらっしゃらなかったので、と言って、使用人が手紙を手渡してくれた。封蠟《ふうろう》を見ると、ザウアー家の紋章の下にC・Sという頭文字が組み合わさっていた。コンラートからの手紙だ。おお、とディアデは嬉しくなった。

「めずらしい……いや、奴からの手紙など初めてか」

なにしろ兵学校に入ってからこちら、毎日顔を合わせていたのだ。手紙などやりとりする必要はなかった。それに友人らしい友人もいない。ディアデ自身、伯爵令嬢という身分だが、三歳で宮廷に入ってしまったし、その後十一歳で兵学校に入ってからは、ずっと王宮の兵舎暮らしだった。騎士になってからはもちろん王宮暮らしだ。学友や同僚はいるが、いわゆる友達はいない。同性の知り合いも皆貴族階級だから、王宮暮らしなら毎日顔を合わせる。コンラート同様、手紙を送る必要はなかったのだ。

「あとでゆっくりと読もう」

ディアデはほほ笑むと、手紙を大切に懐にしまった。

近衛兵隊長の部屋へ行き、扉の前にいた衛視に取り次ぎを願うと、今は詰め所に行っていると言われた。衛視に礼を言い、今度は詰め所へ足を向けた。離宮の西端まで行き、階段を下りて半地下になった使用人たちの区画に入ると、スープと菓子を焼いているような甘い匂《にお》いが漂ってくる。スープはおそらく、使用人たちの遅い昼食、菓子はリンディとシスレシアからやってきた職人一行への午後のお茶用だろうと思う。さざめきのような話し声や笑い声が耳に届いて、ディアデはふふふと笑った。シスレシアの宮殿では使用人が持ち場で口を利くことは厳禁とされていた。この離宮ではいろいろと緩いが、それは今まで使用人たちの間で、盗みや血を見るような諍いがなかったからだろうと思う。階級社会ではないということも大きいのかもしれない。

「とはいえ、離宮の中に詰め所があるというのはいかがなものか」

シスレシアでは任務中の近衛兵は王宮にいたが、それ以外は休憩であろうと王宮の外の近衛兵宿舎にいた。けれどセフェルナルでは、兵隊長だけは特別に離宮の中に一室を持っているが、そのほかの兵たちはなんと自宅から通ってきて、離宮内の詰め所にいるのだという。兵舎暮らしは軍に入ったばかりの初級兵だけだと聞いた。厨房などの使用人区画にあるとはいえ、王族の住まいの中に兵士の詰め所があるというのはどうなのだろうと思うのだ。

「いくら皇太子がアレで、側近を友人のように思っているとしてもだ」

あまりにも隔たりがなさすぎるというか、臣下を大事に思う気持ちが、間違った方向に働いているような気がする。

「それにしても、なぜわたしに警護の情報が入ってこないのだろうな……」

立案には携わるな、当日言われた場所で言われたとおりにしろ、ということだろうかと考える。それならそれで構わない。皇太子の結婚式は国家行事だ。セフェルナルのしきたり、流儀に沿わなければならない。

「だとしたら、今から殿下に、当日はおそばにつけないということを説明差し上げなければならないし」

おおまかでいいから、どのようにするつもりなのか聞いておきたかった。

今日も近衛兵詰め所の扉は開いている。中からざわざわと話し声がする。近衛兵隊長がいてくれるといいんだが、と思って、今まさに詰め所に入ろうとした時だ。

「……ディアデ嬢だろう？」

はっきりと自分の名前が聞こえた。おや？　と思ったディアデはとっさに足を止めてしまった。立ち聞きはよくないとわかってはいるが、自分のいないところで自分の名前が出ると、次になにを言われるのか不安になる。もし中傷だったら出直そうと思いながらその場で会話に耳を澄ませた。

「イル＝ラーイに聞いたら、花嫁の付添人にはならないそうだ」

「だけどディアデ嬢は、いつものように妃殿下のおそばにつくよなぁ？　だけども典範に従うなら、儀礼馬車の後ろには近衛兵十六人となっているだろ」

結婚式のパレードの警備の話か、とディアデは理解した。それなら自分も参加させてもらおうと思ったが、次の言葉を聞いて体が固まってしまった。

「きっと妃殿下は、ディアデ嬢をそこに参加させたいとおっしゃるだろう。そしたらどこにディアデ嬢を入れればいいんだろうな？」

「妃殿下の意向を汲《く》むなら、兵隊長と並列にするか……、あるいは最後尾か？」

「いやいや、最後尾では妃殿下のお気に召さないだろう。しかしディアデ嬢はセフェルナルの兵士ではないからなぁ……」

「国王陛下はどのようなお考えでいるのかなぁ。妃殿下がお里から連れてこられたディアデ嬢とはいっても、未だかつてただのお話し相手を、それも外国人を、パレードの列に加えたことはないからなぁ」

「しかもそれが、護衛の近衛兵の列となるとなぁ。特例をもってしても許されるのかなぁ……」

うーん、というなり声とともに会話は途絶えた。ディアデはそっとその場を離れ、足早に離宮を出た。

（殿下の、お話し相手……）

そんなふうに思われていたと知って、めまいがするほどの衝撃を受けた。近衛兵たちだけではない。リンディの小間使い、侍女、女官、その他あらゆる離宮勤めの人々から、自分は「妃殿下のお話し相手」と見られていたという現実に、手がふるえるほど打ちのめされた。

「……っ」

離宮の裏手、いつも一人で剣の鍛錬を行っている崖上の場所まで来て、ディアデはどっと木に手をついて体を支えた。

「わたし、わたしは……っ」

この二十年弱、ずっとリンディのそばで、リンディを守ることを自分の務めとして生きてきた。リンディに忠誠を誓い、リンディのためなら命も捨てる覚悟で騎士となった。たとえリンディがどこへ行こうとも、それこそ魔物が跋扈《ばっこ》しているという北の果ての大地へ行こうとも、そばに在《あ》り、リンディを守ることが当たり前だと思っていたし、今でもそう思っている。その気持ちに決して嘘《うそ》はない。

(だがいくらわたしがそう思っていても、それはすべて、殿下がシスレシア国第二王女というご身分である限り、という前提で成り立つものだった……)

セフェルナルの兵たちがリンディを妃殿下と呼んでいるように、リンディはもうシスレシアの王女なのではなく、セフェルナルの皇太子妃なのだ。現実に、リンディにはセフェルナルの近衛兵が正式に警護としてついている。それに。

(殿下はあの野蛮な皇太子と寝室を同じくしている)

アルナルドが部屋にいるということは、その部屋に獰猛《どうもう》な獣がいるというのと同じことだ。万が一盗賊が襲ってきたとしても、盗賊のほうが、襲ったことを百年後悔するはめになるのは容易に想像できる。

「……」

ディアデは唇を噛んだ。リンディの公私にわたり、騎士としての自分に出る幕はない。それなら身の回りの世話はどうかといえば、日常でのセフェルナル語なら流暢に話せるようになっているリンディが、小間使いから侍女から女官から、その下の使用人まですべて完璧に使いこなしている。彼女たちからも女主人に対する敬愛は十二分に伝わってくるし、申し分はない。やはり、身の回りのことに関しても、自分の出る幕はないのだった。

「だが、わたしは、王女殿下のたった一人の騎士だ……っ」

あのムカつくアルナルドでさえ、ディアデのことを、女騎士殿、とからかい半分で呼ぶ。自分がリンディの騎士であることは間違いはない。ただ。

「……殿下と、わたしと、あの男……、三人の時だけだ……」

狭い狭い世界、ごく私的な時間でのみ許される、侍衛騎士という身分と立場なのだ。客観的に見れば、自分はさしたる務めもないのにリンディにくっついてきた女だ。未来の皇太子妃が、お気に入りだからといって里から連れてきた女……つまりは妃殿下のお話し相手、という立場にしかなれないのだ。

「ここまで殿下のお役に立てないからといって……」

シスレシアに帰りたいと言えば、リンディが悲しむことはわかっている。自分がリンディのそばにいることが当たり前であるように、リンディにとってもディアデがそばにいることは当然のことなのだ。シスレシアにいた時でさえ、小間使いにもこぼせなかった愚痴を聞いてきたのは自分だ。先日皇太后が言っていたように、リンディにとって本音を隠さずに言える相手は、ディアデただ一人しかいない。たとえ自分がセフェルナル中の人々から、リンディの話し相手の女と思われているとしても、これまで国交もなかった国へ嫁いできたリンディの不安や不満、苛立ちや悲しみを、自分にこぼすことで少しでも減らすことができるとしたら。

「殿下を放ってシスレシアに帰るなど、とてもできない」

いくら自分の自尊心が傷つくからといっても。

「……」

ディアデはため息をこぼしそうになって、慌ててそれを深呼吸に変えた。自分の自尊心ごとき、リンディが日々健《すこ》やかに幸福に過ごせることに比べたらたいしたことではない、と自分に言い聞かせた。

「そうとも。わたしは殿下が心安く過ごせるようにと、そのためだけにいるのだ」

騎士の任もなければ騎士としての任務もないセフェルナルで、生涯の主であるリンディが騎士の位をとくまでは、騎士とは名ばかりの話し相手として、心からリンディに尽くそうと改めて思った。

「わたしは王女殿下のもの。王女殿下のために生きているのだ」

自分を励ますようにうなずいたが、落ちこんだ気持ちは浮上しない。あの憎きアルナルドの口癖、リンディの飼っている焼き餅《もちや》焼《や》きの犬、という自分への評や、カッジオの言った、妃殿下のわんちゃん、という言葉を思いだすと、締めつけられるように胸が痛んだ。まったくそのとおりだからだ。ここでは自分はリンディの愛玩犬に等しい。

「……」

痛む胸に手を当てたディアデは、違和感を覚えて眉を寄せた。懐を探って、あ、と思う。

「コンラートからの手紙か」

我知らず笑みが浮かんだ。いそいそと取りだし、その場に座りこむと丁寧に封をはがして読んだ。

親愛なるディアデ――。

その書きだしを見ただけで心が慰められる。公文書ではなく、手紙というごく私的な書き物だから、流麗な筆記体で書かれている。こうした教養が身についているのを見るにつけ、コンラート自身が伯爵で、次のザウアー侯爵になるのだと実感する。

手紙の内容はいわゆる近況報告だった。皇太后が大号令をかけて、リンディの嫁入り道具を怒濤《どとう》の勢いで揃えているところだとか、先日は夜中に突然アルナルドが王宮にやってきて、国王と、おそらく結婚の儀式について話し合っていったとか。

「夜中に突然だと？　まったくあの男は、思い立ったその足でシスレシアへ向かったのだろう」

本当に常識がない。そんな無礼をリンディがよく許しているなと思う。

手紙の最後は、指輪とともに、わたしの気持ちはいつもあなたのそばにあります、という言葉で締められていた。ディアデはほほ笑んで、首に提げている指輪を服の上から握りしめた。

「わたしもコンラート、おまえの幸福をいつも願っている」

コンラートが一緒にいると思えば、ここでの自分の立場のない寂しさや不甲斐なさ、実は一日中、ほとんど誰とも喋ることのない孤独感など、いくらでも耐えられると思う。少なくともコンラートだけは、事実上、騎士ではなくなった自分に、以前と変わりなく接してくれるのだ。

「いや、昔からコンラートはそうだったな。兵学校から士官学校に上がっても、王女づきの衛兵から騎士へと身分が変わっても、いつも、ディアデはディアデだろうと言って笑っていた……」

本当にいい奴だと思った。いい友人で、いい同僚だ。

手紙の一通でなんとも心が満たされて、ディアデはふうと息をついて海に視線を投げた。

広い広い海。水平線の丸みを見ると、悩みや苦しみが溶けていくような気がする。

「よい眺めだ……」

コンラートにも、この海を見せたい、と思った。きっと広さに驚くだろう。その顔を想像して、ディアデは気持ちが明るくなった。

元気を心に充塡《じゅうてん》して、離宮へ向かって力強く小山を下りていった。

「そうだとも。誇り高きシスレシア第二王女から、生涯ただ一人の騎士と認められたわたしだ。卑屈になることはないのだ」

リンディのために生きていくことはこれまでと同じだ。たとえリンディの身辺警護から外れたとしても……いや、実際に外れているのだが……これからはセフェルナルの皇太子妃は素晴らしい女性だと、皆から言われるように気を配ることに専念しようと思った。

「わたしがおそばにいること自体が、千年王国の王女らしいわがままだと誹《そし》られないようにしなければ」

だから結婚式のパレードについても、近衛兵、ひいては国王を困らせないように、自分から参加は辞退したいと言わなければならない。

「とはいえわたしの立場ではパレードに参加できないから、と言っても、殿下は納得なさらないだろうしな……」

リンディは本当にディアデのことを大切に思ってくれている。友人でも話し相手でもなく、

騎士としての礼節と振る舞いを求めてくれる。ディアデの忠誠を心から信じ、信頼してくれる。そんなリンディに、自分はセフェルナルでは騎士ではないからといっても、リンディはムキになって、そんなことはないと言うだろう。リンディが自分を侮辱されることを許さないように、自分のものであるディアデへの侮辱も許さないはずだ。

「ということは、殿下自身のお口から、わたしがパレードに加わらないということを、皇太子なり国王陛下なりにおっしゃっていただくように話を持っていかなくてはならないな」

こうした、なんというか、人の気持ちを操るというか、そういうことがディアデは大の苦手だ。難儀しそうだと思いため息をこぼした。二人きりで話をしなければならないから、夜を待ってリンディの部屋を訪れることにした。

さて夜になり、夕食を終えたリンディがくつろいでいるはずの時間に部屋を訪れた。

「あの男がいるだろうが、わたしの目論見《もくろみ》を察したら加勢してくれるだろうし、そうでなければ無視すればよい」

皇太子に対して不敬きわまりないが、ディアデはアルナルドが大嫌いなので、人の目のないところではいつもこんな調子だ。通路の明かりを調整している蠟燭《ろうそく》係にいちいち礼をされながら、リンディとアルナルドの部屋の前まで来た。寝室の隣の居間までは誰の許可もなく入れるのだが、今夜は衛兵に止められた。

「こんばんは、ディアデ様。今はお部屋に入られないほうがよいと思いますが……」

「なぜ……、まさか、このような早い時間から子作りに励んでおられるのか!?」

はっとしたディアデが超直球で尋ねると、衛兵はなんとも歯切れ悪く、そうではないのですが、と言う。なんなんだ、と苛立ったディアデは、ともかくも様子を窺ってくる、と言って、おろおろする衛兵を無視して部屋に入った。控え室から談話室を通り抜け、書斎から居間へと入る。居間の次が寝室だ。その扉の取っ手に手をかけたディアデは、中からリンディの大声が聞こえてきたので、思わず立ち止まってしまった。アルナルドの怒鳴り声も聞こえる。

「また喧嘩《けんか》か……」

ため息をついた。アルナルドが本気で怒ることは滅多にないが、ともかくリンディの気が強いから、気に入らないことや納得のできないことを言われると、強烈に反発する。頭ごなしに、こうしろ、と言われることに、王女として育ってきたリンディは我慢がならない。それと同じように、自分の言ったことに対して、いやよ、とばっさり拒否されることが、皇太子として育ってきたアルナルドにも我慢ならないのだ。そういうわけで、二人はよく諍いを起こす。今夜もどうせアルナルドが、リンディに野蛮なことを言ったかしたかだろうと思って顔をしかめたディアデの耳に、リンディの声が届いた。

「だから皆の前では、ディアデに頼らないようにしているではないのっ」

自分の名前が出たことでどきりとしたディアデの耳に、アルナルドの大声が届く。こちらはセフェルナル語だし、完全な話し言葉に加えて早口なので、なにを言っているのか聞き取れない。リンディが言い返した。

「やっているわっ。なにをするにも頼むにも、離宮の皆を使っているではないのっ。本当はシスレシアにいた頃のように、なんでもディアデに相談して、二人で決めたいわっ、……、わかっていますっ、わたしはあなたの妻に、皇太子妃になるのよ、ちゃんとわかっていますっ、……ええそうよっ、だから立場を考えて、ディアデとしたい相談も、小間使いや女官たちにしているではないのっ、……あなたに言われるまでもないわ、ディアデの気持ちはわかっていますっ。きっと寂しいし除け者《もの》にされた気持ちでいるでしょう、それでもディアデはなにも言わずにわたしのそばにいてくれるのよっ」

ディアデは胸をつかれた。ディアデ自身がそうとは気づかないところで、いや、気づかれないようにしていたのだろう。リンディはディアデのことを心配し、しかしそれを表には出せず、板挟みのような状態だったのだ。アルナルドがなにかを怒鳴り、リンディが言う。

「ええそうよ、ディアデは離宮勤めではないわ、それどころかセフェルナルの民でもないのよっ、そんな立場のディアデをこれまでのように寵愛《ちょうあい》できないわっ、わたしはセフェルナル皇太子の妃になるのよ⁉　……そうね、あなたから見ればわたしがディアデを粗略に扱っているように見えるでしょうね、だからといってこれまでのようにディアデに甘えたら、皆が困るのよっ！　……そのとおりよ、わたしは小間使いにも侍女にも女官にも、誰にもディアデをわたしの騎士として扱いなさいと命じていないわっ、わたしの大切な人だから特別な待遇をしろとも命じていませんっ、あなたも知って……、そうよ、わたしから声をかけてあげることができなくて、いつも部屋の隅でぽつんと立っているディアデを見ているでしょう!? それを知っているくせに、……わかっているわ、すべてわたしのわがままよっ、でも、ただそばにいてもらうことの、なにがそんなにいけないの!?」

ディアデはそっとその場を離れた。扉の前にいた衛兵が、夫婦喧嘩してたでしょ、とでも言いたそうな表情を見せる。ディアデは無理に微笑を作って返すと、足早に自分の部屋へ戻り、床にへたりこんだ。

「わたしは、なにを、していたんだ……っ」

ここではなんの役にも立てない、置物同然の自分に苛立ち、不甲斐なさを覚え、周囲からは妃殿下の話し相手と認識されてひどく落ちこんだ。無能な自分を認めたくなくて、身辺警護の勤めに就けないなら、皇太子妃としてのリンディの評価を高めることに注力しようと決意した。――なんという傲慢《ごうまん》。

「わたしが騎士だ騎士だと意地になっている時から、殿下はわたしのために気を配ってくださっていたのに……っ」

新しい使用人を重用していたのも、蚊帳《かや》の外と感じるほどディアデに声をかけてこなかったのも、すべて、周りの者がディアデに悪感情を持たないための気遣いだったのだ。ディアデが、よき皇太子妃となるようにお手伝いしよう、などと今さら、本当に今さら思いいたるずっと以前に、リンディ自身がとっくに皇太子妃の自覚を持ち、よき皇太子妃として振る舞い、同時にディアデがいやな思いをすることのないように、わざわざと距離を取ってくれていたのだ。

「しかも、しかもっ、わたしがそうと気づかぬほど自然にだっ」

それなのに、いつまでも自分は騎士だと肩肘《かたひじ》を張っていた。なんという馬鹿者だろう。先ほどリンディは部屋でアルナルドと言い争いをしていた。あんなふうにアルナルドに怒りをぶつけるとは、おそらくアルナルドからも、名ばかり騎士をなんとかしろと言われたのだろう。

「セフェルナルには貴族はいない。だから、騎士という身分もない……」

皇太子妃の身近に置くというのなら、それ相応の身分、たとえば近衛兵たちが言っていたように、「妃殿下のお話し相手」にするとはっきり決めろ、と。ディアデは深いため息をついた。自分は本当に気が回らない、だめな奴だと思った。陰からリンディを支えようなどとうぬぼれた考えにいたったのだって、近衛兵たちの話を偶然耳にして、ようやく自分を取り巻く状況に気づいたからだ。そうでなければこれからもずっと、リンディにも、離宮にいるすべての人々にも、自分には気づかせないように気を遣わせてしまったことだろう。

「わたしは本当に、あの男の言うとおり、殿下の飼っている焼き餅焼きの犬だ……」

情けないと思った。リンディを守るどころか、リンディに庇護《ひご》してもらわなければ、自分には居場所すらないのだ。逃げだしてしまいたいと思った。ここではないどこかへ。だが。

「わたしは殿下の……、騎士、だ。生涯の忠誠を誓ったのだ。だから……」

リンディがこれまでどおり、ディアデにそばにいてほしいと思ってくれる限りは、その期待に応《こた》えるだけだ。犬でも兎《うさぎ》でもいい。ただリンディのためだけに、ここにいようと思った。


十二月。セフェルナルにやってきて五ヶ月が経った。

「こちらの贈り物は、メイヴィング王国ドメール国王陛下よりのお祝いです」

「まあ、なんて素晴らしい絹織物なのかしら。これはメイヴィング国へ行く時にドレスにして、陛下にご覧いただくわ」

「はい、メイヴィング国へのご訪問の際のドレス、ですね。これは殿下の衣装用の物入れへ」

織物を広げ持っていたディアデは、リンディからシスレシア語で言われたことを、セフェルナル語に変えて女官に伝える。女官が帳面に記入する間に、次の贈り物を取りだしてリンディに見せる。そんなことを朝からずっと繰り返している。来春に結婚式を控え、各国からお祝いの品が続々と届いているのだ。礼状を出す都合上、すべてを一度は見なくてはならない。ディアデはリンディに見せたあと、それをどうするか、物入れに保管するか、あるいはリンディ好みの小物は寝室に置くように、など女官に指示をしている。リンディの趣味嗜好《しこう》については、ディアデ以上によく知る人間はリンディだけだから、この人選は誠に正しい。

贈り物の仕分けだけではなく、結婚式後の晩餐会で、シスレシア側からの招待客の席順をどうするかも、リンディはディアデと相談をする。セフェルナルの人間では身分や階級がどうだとか、同じ身分でも家系によって差があるとか、それらに基づいた席順にしなければ後々問題が起きるとか、そうした面倒な機微についてはわからないからだ。久しぶりにしっかりとリンディの役に立てて嬉しいはずなのに、なぜかディアデの気持ちは晴れなかった。

(まるで窓の外から、楽しそうになさっている殿下や女官たちを見ているような……)

近いのに遠い感覚だ。薄い帳《とばり》を隔ててリンディと接しているような、なんともいえない妙な距離感を感じている。たぶん、ここでは自分の代わりなどごまんといるという事実、自分は特別な立場ではないという事実に気づいてしまったせいだと思う。そうして毎晩寝台に入ると、一気に落ちこみに襲われるのだ。

「…こんなのはわたしらしくない。そうだよな、コンラート……」

なにがどういけなくて、どうすれば解決するのかもわからない。やるせなさだけが心を満たす。そんな時はコンラートからの手紙を読み返して気持ちを立て直すことにしている。コンラートはあれ以来、月に二回ほどの頻度で手紙を送ってくれる。いつも近況報告だが、たわいのない内容に気持ちがほっとするのは事実だ。シスレシアもセフェルナルも関係なし、

の揺らぎも見せない。ディアデがどういうつもりでこんなことを言いだしたのか、見極めようとしているようだ。ディアデも視線を逸らさずに見つめ返した。少しして、リンディがゆっくりと一つ、瞬《まばた》きをした。

「そう。わかったわ。ではセフェルナルの典範に則って、しっかりと行うことにするわ。ディアデは部屋で、きっとわたしを待っていてね」

「もちろんです、殿下。おそばにはつけませんが、教会でも殿下の晴れ姿をしっかりと見守っております」

「ありがとう」

リンディが、王女の微笑を浮かべた。それを見て、ああ殿下はちゃんとわかってくださった、とディアデは思った。リンディが自分から、ディアデはパレードに参加させないと言うように仕向けたことを。それがなぜなのかも、そうしてディアデが、なぜそんなことをしたのかも。こうするしか、自分とリンディが一緒にいることはできないのだと。

(ともかくよかった。これで殿下がわがまま王女と誹《そし》られることはないし、近衛兵をはじめ、儀式に携わる人々にいらぬ気遣いを強いることもなくなる)

ほっと安堵の息をこぼしたディアデに、リンディは見事になにもなかったという表情で、にっこりと笑って言った。

「あなたの衣装の仮縫いは明日なのよ、ディアデ。だからどれにするか、今日中に決めてね」

「……今日中ですか⁉　それに明日仮縫い⁉」

「そうよ。わたしの最初の仮縫いをすませたくらい、もう時間がないのよ？　贈り物の確認はあと回しにしましょう。あなたはどの衣装にするか、決めていらっしゃい」

「は、はい、殿下……」

ディアデは茫然としながら部屋を出た。意匠職人に相談する時間もない。どうすればいいんだとふらふらしながら自分の部屋に足を向けたディアデは、ふふ、と小さく笑った。たとえ意匠を決めるということであっても、これはリンディが、自分のために用事を作ってくれたということだとわかっていた。

「……ここまで殿下に気を遣わせて……」

自分はリンディにとってただのお荷物ではないのか。そんな不安がまた、心の中で大きく膨らんだ。

自室に戻り、渡されたいくつもの意匠を見比べて、どれを選び、どこにどう意見をすれば最大限地味になるのかとうなっていると、扉がノックされた。

「ディアデ様？　お部屋においでですか？」

「ああ、いる。入ってくれ」

許可を得て入ってきた使用人が手紙を渡してくれた。宛先を記した文字を見ただけでわかる。

「コンラート……」

夜になるまで待ちきれず、ディアデはいそいそと封蠟を割った。中からころりとエナメル細工が美しい薬入れのようなものが出てきた。なんだろうと思いながら手紙に目を落とす。

親愛なるディアデ――。

いつもと同じ書きだしに胸が躍る。内容もいつもと同じ近況報告だ。妹に勧められて食べた菓子が頭痛がするほど甘かったとか、騎乗訓練をしていた初級兵の馬が暴走して城下が大混乱になったとか、農民たちが第二王女の結婚を祝うために畦脇に植えたリリアスの球根が、一斉に芽を出したとか、そんなことだが、コンラートがなにを見、どんなことをしているかわかって嬉しい。手紙をめくると、紙片がひらりと落ちてきた。なんだ、と思って手に取ってみると、新年を祝うカードだった。

「ああ、わたしもカードを送らなければな。……うん？」

追記で、同封されていた薬入れの中身は手荒れの軟膏《なんこう》だということが書かれていた。よければ使ってほしい、という言葉も。自分のがさがさの手を改めて見たディアデは、ふむ、と思って薬入れを開け、詰められていた軟膏を指先に取って手に塗り広げてみた。

「……よい香りだな……」

ふわりと甘い匂いが立ち上った。まるでリンディのように美しい姫君が用いるような、上品な花の香りだ。きっと上等な軟膏なのだろう。気持ちまで甘くなるようだった。

「荒れた手に冬場は厳しいと、わかってくれるコンラートらしい気遣いだ……」

優しい男だと改めて思った。遠く離れているというのにディアデのことを思い、押しつけがましくもなく、ディアデの身の丈に合ったものを贈ってくれるのだ。

「……会いたいぞ、コンラート……」

しみじみと思った。

そうして春。いよいよ結婚式の当日になった。

リンディは式次第の打ち合わせがあるので、式の数日前に王都に行っている。もちろんディアデも同行した。とはいっても当然、関係者の話し合いが終わるまで、自分は別室で待機だ。王宮の使用人も馴れたようで、いつの間にか一室をディアデ専用にしてくれたようだし、まるで客人のようにディアデの好みのお茶や菓子で、待ち時間をもてなしてくれるようだった。どれも「妃殿下のお話し相手」への配慮だろうとわかっている。ディアデは苦く笑った。

セフェルナルでは、式当日は、花嫁は生家から式の行われる王都まで出向くという慣習がある。リンディの生家はシスレシアだから、まさかあそこから花嫁衣装でセフェルナルまで行けない。というよりも、馬車だと移動に十日はかかるから、当日に出発したら笑ってしまうくらい式に間に合わない。そういうわけで現在の住まいの離宮から行かねばならず、王都にいるというのにわざわざグラーツェンまで戻った。

式当日はどこまでも破天荒なアルナルドが、儀礼馬車ではなく馬で花嫁衣装のリンディを運ぶという暴挙をやらかしたが、沿道の国民からはかえって喜ばれ祝福もされた。セフェルナル一、大きくて荘厳な聖教会での式も、リンディの絵画のように美しい花嫁姿と、アルナルドの化けでもしたようにまともで立派に見える皇太子姿とあいまって、それはそれは華やかで素晴らしい式となった。

「ああ殿下、本当になんてお美しい…っ」

ディアデは招待を受けた正式な参会者でもないし、身内でもないが、家族を除けばリンディに一番親しい人間だ。そういう事情から、教会の後方の隅に、ひっそりと立って式に参加することを許された。自分の主の生涯一度の晴れ姿に胸を熱くしているが、ディアデもリンディ素案の麗々《れいれい》しい衣装を身につけている。ディアデとリンディ、二人の間では騎士の儀礼服という認識だが、本当に装飾過多なので、騎士というより男装の麗人になっている。純白の生地は強硬に好みではないと意見を申し立てたものの、黒はいやよとリンディが猛反対したので、ラピス・ラズリと黒を合わせたような非常に深い紺色《こんいろ》となったのだが、それがディアデの濃い紅茶色の髪と碧色の瞳をいっそう引き立てて、リンディは満足そうに目を細めたし、女官をよろめかせたというおまけがついたのも事実だ。

滞りなく式を終えたリンディが、教会を出る間際に真っ直ぐにディアデを見た。ディアデが気合いを入れてうなずくと、リンディが黙ってブーケを投げてよこした。花を損ねることなく持ち手を完璧に摑んだディアデが、本日の一大任務、リンディからのブーケを受け取る、という仕事をやり遂げ、誇らしげにリンディに笑顔を向ける。リンディも自分の美しい騎士がブーケを受け取ってくれて満足そうだ。ちらりと呆れたような表情を浮かべたアルナルドに促され、リンディが教会を出ていった。これから二人は王都の民へ向けて、披露目のパレードに出るのだ。二人に続いて参会者たちも教会を出ていく。ブーケを大切に抱え、ディアデは複雑な気持ちで人々を見送った。

(主の警護にも就けない騎士など、笑いぐさだな)

ふっとため息をこぼした時、強い視線を感じた。誰だ、と思って顔を上げたディアデは、コンラートの視線とぶつかった。

コンラートはシスレシア王室の近衛兵隊長だ。だから今回、リンディの実兄であるシスレシア国王の警護としてセフェルナルまでやってきている。ディアデも来ることはわかっていたが、こうして実際に顔を見ると、いじけていた心が柔らかくほぐれていく気がした。

(去年の秋に会って以来だから、ほぼ半年ぶりか……)

顔を見られただけで嬉しくて微笑を投げると、コンラートのほうも職務中だというのに、

深い笑みを返してくれた。けれどそれだけだ。王の警護に就いているコンラートは、そのままディアデに一言をかけることもなく、招待客の先頭となるシスレシア王とともに教会を出ていった。ずらずらと続いて教会を出ていく参会者を見送りながら、ディアデはたまらない気持ちになった。

（コンラートは近衛兵隊長として、国王陛下の警護という任務についている。それなのにわたしときたら……っ）

リンディの警護に就けないどころか、この教会にも、リンディの特別親しい女性だから、つまりリンディの計らい、わがままで入れた程度の、まさに名ばかり騎士だ。リンディや周りの者に気遣いや迷惑をかけたくないから、リンディの忠実な愛犬であろうと心に決めたばかりだ。それなのに、名実ともに近衛兵隊長として立派にやっているコンラートと自分を比べてしまい、どうしようもなく惨めになった。

半時ほどもかかって、ようやく聖堂の中から参会者がいなくなった。がらんとした聖堂に立ち尽くし、まるで今の自分のような有様だな、と思った。取り残されている、という自分だ。誰もいないことでこらえることもしないで深いため息をこぼし、聖堂の続きの控え室へ向かった。リンディの荷物をまとめて王宮へ持っていこうと思っている。ところが控え室に入ってみると、すでに女官たちが荷物をまとめ終えていた。出遅れた自分が悪いのだし、女官たちは式に参会もできず控え室にいたのだから、こうなることはわかっていたはずだが、まるで自分の役目を取り上げられたような気がして、ディアデは険しい表情になってしまった。ところが女官たちは入ってきたディアデを見ると、パッと目を輝かせて言った。

「ディアデ様っ、それが妃殿下がくださった花束でございますか!?」

「なんて綺麗なのでしょう！　たしかブーケ、と言うのでしたか？」

「シスレシアでは、花嫁からブーケを受け取った女性は、次に結婚すると言われているそうでございますねっ」

「次はディアデ様が結婚なさるんですねっ、しかも妃殿下直々《じきじき》にブーケをお渡しくださるなんてっ、ああ、ディアデ様が羨ましいっ」

女官たちは頬まで赤くしてはしゃぐ。雑用などは女官になりたての若い女性の仕事だから、こうした話題で盛り上がるのも当たり前だとは思う。ディアデは真面目な表情で答えた。

「わたしは妃殿下の騎士だ。生涯の忠誠と命を妃殿下に捧げている。騎士である限り結婚などしない」

「まあ、でも」

女官たちは皆、一様に不思議そうな表情をした。

「妃殿下にはずっと前から警衛の近衛兵がついていらっしゃるでしょう？　ディアデ様が妃殿下をお守りする必要はないのではございませんか？」

「ディアデ様もとてもお綺麗でいらっしゃるけれど、結婚を考えたらもう遅いお歳《とし》でございますよ？」

「さようでございますよ、お務めも大事でございましょうけれど、いつまでも一人では妃殿下にご心配を、…」

「そんなことはないっ」

自分でも思いがけず大声で女官たちを遮った。

「わたしはまだ妃殿下に必要とされているっ、わたしを用なしのように言うなっ」

「も、申し訳ございませんディアデ様っ、わたしたち、そのようなつもりは…っ」

「申し訳ございませんっ」

口々に謝罪しながら女官たちが膝を折る。ディアデは我に返り、うろたえた。八つ当たりをするつもりはなかったし、こんなふうに女官たちに謝罪させるつもりも、もちろんなかった。自分の卑屈な気持ちを外に出してしまったことも恥ずかしい。

「申し訳なかった、怒鳴るつもりはなかった」

なんとか謝罪だけして、ディアデは逃げるように控え室から出た。

(恥ずかしい、恥ずかしい…っ)

馬を駆って王宮へ向かいながら反省した。リンディの慰めになるのなら、話し相手だろうが犬だろうが構わない、リンディの幸福と安らぎに尽くすことが自分の務めと思っていたのに。

(騎士は必要ないと言われたくらいで…っ)

自分は侍衛騎士という身分にこうまで固執していたのだ。心底みっともないと思い、ディアデは強く唇を噛んだ。


一方、コンラートのほうは、愛するディアデが自分の存在意義について深く懊悩《おうのう》していることも知らず、シスレシア王の警護に専念していた。教会から王宮の敷地内にある貴賓館《きひんかん》の居間へ、無事に国王と王妃を送り届けて部屋を出る。扉の前の衛兵に、しっかり頼んだぞ、と言って、自分に割り当てられている控え室へ向かった。これから晩餐会が始まるまで、コンラートも休憩できる。

控え室に入り、ようやくコンラートは安堵の息をついた。儀礼服の上着を丁寧に衣紋掛《えもんか》けにかけながら、先ほど見たディアデを思いだして、甘い吐息をこぼした。

「ディアデ……、とても美しかった」

十中八九リンディの命令だと思うが、華美な衣装を身につけたディアデは本当に綺麗だった。

「レースが、あんなに似合うなんて……」

ディアデと出会ってからこのかた、制服姿しか見たことがないから、鮮烈な驚きだった。

宮廷にいる姫君と今日のディアデを並べたら、ディアデのほうが何倍も美しいと思う。そう思ったらいてもたってもいられなくなった。抱きしめることは無理でも、手くらい握りたい。

「今はディアデも休憩……、ああ違うな、晩餐会が始まるまで妃殿下についているはずだ」

ということは、時間が取れるとしたら晩餐会の間だろう。夜までまだずいぶんと時間がある。早く会いたい、と思った。今日はディアデに贈るために、美しい髪留めを持ってきている。ディアデは姫君がたのように宝石で着飾ったことがないし、そもそも宝飾品自体に興味がなさそうだった。だからなにを贈ればいいのか、喜んでくれるのか、いつも迷う。今回は髪留めという身を飾るものだし、気に入ってくれるだろうかと不安に思った。

「しかし、実家に出入りの商人が、姫君がたには一番人気だと教えてくれた手荒れの軟膏は気に入ってくれたようだし」

そのほかにも、髪の艶《つや》をよくする上等な櫛《くし》や、疲れを癒やす効果のある香油など、実用品を贈っている。ディアデから、簡潔ではあるが礼状が届き、どれも気に入ったと書いてあったから安心した。

「秋にシスレシアで会った時は、時間がなくて慌てて、婚約指輪だけ渡してしまったからな……」

求婚するより先に指輪を渡すという、逆の順序になってしまったことが悔やまれる。けれど今日こそは、しっかりはっきり求婚をするつもりでいる。今日を逃したら、次にいつ会えるかさえわからないのだ。

「そのために、この髪留めを特別に作らせたのだ」

求婚をするに当たって手ぶらというのは格好がつかないが、指輪はもう渡してしまっている。窮余《きゅうよ》の策が、髪留めなのだ。

「それにしても……」

水差しから汲んだ水を飲みながら、コンラートは眉を寄せた。秋に会った時とはずいぶんとディアデの様子が違っていたことが気にかかる。先ほどの教会で、しばらくコンラートの視線に気づかなかったほど、ぼんやりしているというか、元気がないというか、あの潑剌《はつらつ》とした生気が感じられなかったのだ。

「セフェルナルという異国で、なにか困っていることでもあるのか」

一年弱暮らして初めてわかる、シスレシアにいては想像もつかないようななにか……、気候や風土、あるいは国民性の違いなどで、自力では解決できない困難に陥っているのではないか。そうであるなら是非、自分がその解決の手助けをしたいと思う。

「……その前にまず、ディアデを抱きしめたい……」

時間と場所と、人の目に問題がなければ、と思って、ふふ、と嬉しそうに笑った。

警護の任にあるコンラートは、晩餐会が始まったら終わるまでなにも口にすることができない。会が終わるのは深夜に近いわけだから、それまでなにも食べないのはさすがにつらいだろう。というわけで、この休憩時間中に軽く食事をとろうと思った。部屋を出て、従者用の食堂はどこか、使用人に尋ねようと思いながら通路を歩いていると、向こうから歩いてくるアルナルドを発見した。式で着ていた儀礼服のままで、しかも従者を一人も連れていない。

(相変わらず自由なかただ)

内心で苦笑をして壁際に寄り、通路を開けた。国王に挨拶だろうかと思って敬礼をすると、なにを思ったのかアルナルドはコンラートの前で足を止め、おい、と声をかけてきたのだ。

「おまえに話がある、ちょっと来い」

「アルナルド皇太子殿下、お話とは……」

「いいから、来い」

いきなり腕を掴まれて手近の部屋に引きずりこまれる。コンラートは仰天した。王族が自分から従者に触れるなど、シスレシアでは考えられないことだ。しかも皇太子直々に話など、いったい何事だと思う。アルナルドはコンラートを部屋の真ん中に放りだすと、コンラートが思わず体を引いてしまうくらいにわくわくとした、なにかを期待する表情で言ったのだ。

「おまえの女騎士がリンディからブーケを受け取ったところは見たか!?」

「はい、殿下、わたしも教会におりましたから。妃殿下のご命令なのでしょう、ディアデも無事に受け取ることができて、安堵していることと思います。わたしも安心いたしました」

コンラートが生真面目に答える。するとアルナルドは盛大なため息をこぼした。

「シスレシアの兵って奴らは、皆、おまえや女騎士のようにとぼけているのか？」

「は？」

「リンディのお遊びの顛末《てんまつ》なんかどうでもいい、今日のアレは、おまえにとってまたとない機会じゃないかっ」

「機会……？　アルナルド皇太子殿下、申し訳ございません、おっしゃっている意味がわかりません」

「だからっ！　この機会を逃したらっ、おまえが次にセフェルナルへ来るのはっ、国王か王妃の葬儀の時になると言っているんだっ」

「皇太子殿下…っ」

コンラートはまたしても仰天した。実の両親とはいえ国王と王妃だ。現役でまだまだ元気な国王夫妻の葬儀の話をするなど、いくら皇太子といえども非常識すぎる。アルナルドは硬直するコンラートの肩をがっしりと摑むと、至近から、まるでそそのかすように言った。

「近衛兵隊長。いや、コンラート。シスレシアへ戻る前に、あの女騎士をものにしろ」

「い…きなり、なにを、仰せですか……」

皇太子とも思えぬ下品な言葉に、コンラートは顔を強《こわ》ばらせた。けれどアルナルドは気にしたふうもなく、それどころかにやにやといやらしい笑いを浮かべながら言った。

「おまえ、あの女騎士に婚約指輪を渡したんだろう？」

「……っ」

どうして皇太子がそれを知っている？　そう思ったコンラートの顔が、意に反して赤くなる。アルナルドは純情な反応をハハハと笑うと、手近の椅子にどっかりと腰掛けて言った。

「ジャンニから聞いた。女騎士がシスレシアへお使いに行った時に渡したんだろう？」

「ああ、ジャンニ殿から。はい、殿下、そのとおりです。互いに時間がなく、ゆっくり話もできませんでしたが、ともかくも指輪だけはと思い、渡しました。素直に受け取ってくれるとは思っておりませんでしたので、とても嬉しく思っております」

「らしいな。ジャンニが気を利かせて、二、三日シスレシアにとどまろうと言ったそうだ。ところがあの女騎士、皇太后殿下の手紙がー、やら、妃殿下がお待ちでー、やら言って、なんの未練もなく帰ってきたそうだぞ。ジャンニがおまえに同情していた」

「ディアデは職務に忠実ですから。時間がなかったとはいえ、指輪しか渡せなかったことをわたしも悔いております。ですから今回は、しっかりとディアデに求婚をする所存です」

やはり生真面目にコンラートは答えた。ところがアルナルドは、あーっ！　と言うと、バリバリと頭をかいて、猛烈に苛立った表情で言ったのだ。

「おまえと女騎士は本当に似合いだな！　そのとぼけ具合がな！」

「は……？」

「求婚だ？　馬鹿かおまえは、なにを悠長なことを言っているっ。いいか、わかっていないようだから教えてやるがな、あの女騎士はおまえから渡された指輪を、婚約指輪だとは思ってもいないぞっ！」

「……まさかっ」

「本当になんなんだおまえたちは……」

アルナルドはため息をつき、呆れ返った表情で言った。

「リンディが、おまえが女騎士に渡した指輪について、俺になにも言ってこない」

「はい……」

「わからない奴だな。リンディの忠犬なら、受け取った指輪が婚約指輪だと理解していれば、つまり婚約したのであれば、絶対にリンディに言ってくると言ってるんだ」

「……あっ」

「それをなにも言わないということは、だ。あの女騎士は指輪をただの魔除けかなにかだと思っているからだぞ」

「そんな……、そんな、まさか……」

これにはコンラートも愕然《がくぜん》とした。

「ダイヤの、指輪を渡したのです、殿下……それを魔除けだなんて……いくらあのディアデでも……」

「……本当に、可哀相《かわいそう》な男だな……」

アルナルドはめずらしく心底同情する表情を見せた。

「おまえはあの女騎士のことを、真面目で正義感にあふれた、真っ直ぐな女だと思っているんだろう？　だが実際は、せいぜい十歳ほどの少女程度の熟し具合だ。中身はまったく大人の女になっていない」

「……っ」

「物心がついたあたりからずっと、あのリンディに可愛がられてきたわけだよな？　世間知らずの犬同然だぞ」

「犬だなどと、…」

「文句は俺の話を全部聞いてから言え」

皇太子相手にむっとした表情を浮かべたコンラートを、アルナルドはすぱっと遮って続けた。

「まず最初に言っておくが、俺は、あの女騎士がリンディの忠犬のまま老いぼれて、リンディのあとをついて歩くことさえままならなくなっても、知ったことではない。リンディが女騎士を飼っていたいというなら、好きにさせておくつもりだった」

「……」

「だが、飼い犬のためにリンディが神経を遣う様を見ているのは面白くないんだ」

「妃殿下が、ディアデのために、神経をお遣いくださって…？」

「そうだ」

忌々《いまいま》しい、というふうに息をつき、アルナルドは言った。

「今までは第二王女だったから、周りの者にちやほや可愛がられるのが仕事だっただろうが、今日からリンディは俺の妃だ、皇太子妃だ。式の直後からパレードだ晩餐だと、もうすでに公務が始まっている。国民への披露目が終わったら、本格的に公務が入る。知っているだろうが、分単位で予定が入るんだ、それだけで疲れ果てるだろうに、さらに飼い犬のためにあれこれ気を回させたくはないんだ」

「妃殿下が……、その、なぜでしょうか、ディアデがなにか不始末を？」

狼狽してコンラートが尋ねると、アルナルドはまたしても深いため息をつき、セフェルナルでのディアデの微妙な立場のこと……リンディの警護の役目を近衛兵に取って代わられ、名ばかり騎士となっていること。離宮の者からは妃殿下のお話し相手と認識されていること……を率直に説明した。衝撃を受けるコンラートに、アルナルドは顔をしかめて続けた。

「お遊びではなく、女騎士がシスレシアで正式に騎士の称号を得ているのなら、自分からシスレシアに帰るとは言えないだろうが。なにしろ騎士は、生涯を、主に捧げるんだろう？　騎士のままリンディを放ってシスレシアに帰るなど、あの女騎士にはできないさ」

「……もっとも、です……」

「リンディはリンディで、子供の頃から可愛がっている犬を手放したくない。だからといって騎士の称号を取り上げて、名実ともに話し相手にするとは、犬の自尊心を考えたらできないんだろう」

「……」

「俺たちの結婚が決まってからこっち、騎士など必要のなくなったリンディが、それでもあの犬をそばに置きたくて、あの犬が周りから反感を買わないようにどれほど気を配ってきたか。そしてそれを、あの犬当人に気づかれないよう、どれほど気を遣ってきたか。俺たちはそのことで、もう何度も言い争いをしているんだぞ」

「……っ」

「もう一度言うぞ。俺はリンディだけが大事だ。これ以上あの女騎士をリンディのそばに置いて、リンディの心労を増やしたくないんだよ」

「も、申し訳、…」

「謝罪などクソの足しにもならんっ」

苛立ったアルナルドがまたしても下品な罵倒《ばとう》をする。ぴしりと直立不動の姿勢を取ったコンラートに、アルナルドはしかめ面で言った。

「だからおまえはあの犬を、犬から女にしろっ。女の自覚を持たせ、妻にして速《すみ》やかにシスレシアへ持って帰れっ」

「そ、そうおっしゃられても、ディアデが騎士の位を持っている限りは、わたしの一存で連れ帰ることはできません」

「なんだと!?」

「それにわたしは、ディアデにシスレシアへ帰ってくれるように頼むつもりもありません。殿下が妃殿下をお大切に思われるように、わたしもディアデを大切に思っております。ですからディアデの志の邪魔をするようなことはしたくありません」

「女騎士の志など、セフェルナルでは無に等しいんだぞっ」

「それでもです。わたしはディアデが私の妻となり、ザウアー伯爵夫人という身分を名乗ってくれるだけで満足なのです。ディアデがほかの男のものにならない、わたしだけのディアデでいるという約束さえされれば、離れて暮らしても構わないと思っております」

「なにを、ふざけた、ことを……っ」

アルナルドは今にも怒りを爆発させそうな、コンラートでさえ怯《ひる》むほどの恐ろしい表情で言った。

「ガキのお伽噺《とぎばなし》じゃあるまいしっ、遠距離夫婦でも愛があればうまくいくなんて、本気で思っているわけじゃないよな!?　もし本気でそう思っているなら、そんなクソ馬鹿馬鹿しい考えは今ここで捨てろっ！」

「殿下、……」

「おまえはいずれ侯爵になるんだろうがっ、跡継ぎはどうする!?　あの犬の気がすむまで放し飼いにして、その間に外の女に子を産ませるのか!?」

「そんなことっ」

「家系や身分がどういうものか、蛮人の俺に即断で身売りを決意できるリンディほどわかっているなら問題ないだろうがなっ、微塵も男に免疫がなく、王子と姫は生涯幸せに暮らしましたというお伽噺を信じてるようなあの女騎士には、外の女の存在など耐えられないぞっ」

「……っ」

「それともあれか。おまえは跡継ぎをもうけないつもりか。ザウアー家が途絶えるだろうことを隠して、あの女騎士を妻にするのか」

「隠すなど、そんなことは…っ、それにいつか、いつかは子もなしたいと、考えております…っ」

「だからおまえは阿呆《あほう》だと言うんだっ!!」

ついにアルナルドの怒りが爆発した。窓のガラスがふるえたほどの怒声だ。さすがにびくりとしたコンラートが、慌てて直立の姿勢を取ると、アルナルドはもう感情を抑えることはせずに怒鳴りつけた。

「おまえたちは揃いも揃って、中身は十代のガキかっ!! 意識していないようだから言ってやるがなっ、あの女騎士は今年、二十二になるんだぞっ!」

「……二十二……ディアデが……」

「ああそうだっ。わかったか、今日、今すぐ子作りに取りかかっても遅いくらいだっ、しかも最初の子が女児だったらどうするっ、五人も続けて女児が生まれてみろっ、六人目に男児が生まれたとしてもっ、跡継ぎとして教育するには手遅れだっ、息子を伯爵に仕立て上げる前におまえたちの寿命が尽きる!!」

「……ああ、たしかに……」

「もしもおまえがシスレシアの近衛兵隊長という職務も、ザウアー伯爵という身分も、ザウアー侯爵家という家も、すべてを捨てて、女のためにセフェルナルに来るというのなら好きにすればいいさ。だがそうではないのなら、おまえの父親や母親、先祖、それにザウアー家に関わるすべての者たちのことを考えろ!!」

「はい、ありがとう、ございます……、あのディアデが、あのディアデがもう二十二になるのですね……」

「ああそうだっ!!」

アルナルドはまだ茫然としているコンラートを殴りたくてたまらない。その衝動をこらえにこらえて言った。

「わかったなら、今夜にでも女騎士に種を仕込めっ！　孕《はら》ませてシスレシアへ持って帰れ!!」

「種!?」

皇太子のアルナルドよりよほど紳士のコンラートは、下品きわまりないアルナルドの言葉に赤面して答えた。

「そのような乱暴なことは、わたしにはとうていできません」

「まだわからないのかっ」

「いいえ、殿下が仰せのことについてはよく理解いたしました。けれどわたしは、明朝にはシスレシア国王陛下を警護してセフェルナルを発ちます、とてもディアデを説得する時間がありません」

「そんなもの。休暇を取ればいいさ」

「……は？」

あまりにも簡単にアルナルドが言うので、コンラートは意味をはかりかねた。ちょっと間抜けな顔を見せてしまうと、アルナルドがなんとも悪い笑みを浮かべて言った。

「未来のザウアー侯爵の人生の分かれ道だ。シスレシア王も快く休みをくれるだろう。行くぞ」

「い、行くとは、どちらへ!?」

ガッとアルナルドが立ち上がる。動揺するコンラートに、アルナルドは顔だけ振り返って答えた。

「シスレシア王におまえの休みを貰いに行くんだろう」

「……そんなっ、そのようなことっ、困ります、できません、お待ちくださいアルナルド皇

「太子殿下っ」

コンラートは動揺し、うろたえ、ほとんど懇願する口調で言ったが、聞くアルナルドではない。任せておけと非常に不安になることを朗らかに言い、部屋を出ていく。コンラートは生まれて初めて全身に冷や汗をかきながら、慌てて傍若無人な皇太子のあとを追った。

同じ頃、ディアデは王宮の一室で、パレードから戻ったリンディの休憩につき添って、文字どおり話し相手をしていた。

「驚いたわ。沿道の皆が、シスレシアの国旗を振って祝福してくれたのよ」

リンディがほうっと吐息をこぼして幸せそうに言う。ディアデも同じくらい幸せな気分になってうなずいた。

「それは本当によかったです。皆もシスレシアを許してくれたということでしょう。それもこれも、殿下のお人柄のなせる業だと思います」

「あら、わたしはまだ皆のために働いてはいないわ。皆がわたしを気遣ってシスレシアの国旗を振ってくれたのだから、わたしもこれから皆のために精一杯働かなくてはね」

「ご立派な心がけです、殿下っ」

王族とはこうであるべきだと感激したディアデは、王族の悪い見本とでも言うべきアルナルドの姿が見えないことに眉を寄せた。

「殿下。皇太子殿下はどちらに？　皆様がたへご挨拶なら、殿下もご一緒になさらないと」

「アルナルドなら王宮に戻ってきたとたん、どこかへ行ってしまったわ。いたずらっ子のような顔をしていたから、くだらない悪さをしに行っているのでしょう」

「殿下のおそばにもついていないなんてっ、殿下はそれでいいのですかっ」

「いいのよ。わたしはディアデとのお喋りや召し替えの邪魔をされたくないの。きちんと仕度を整えて晩餐会に出てくれれば、それまでどこでなにをしていようと構いません。もしも遅れるようなことがあったら、あとでちゃんとわたしが叱《しか》るわ」

「し、心配ではないのですか、お好きにさせておくなど、なにをしでかすか……」

「アルナルドもちゃんと猫の皮をかぶれるのよ。失礼をしてはいけないかたには、絶対に失礼をしないから、大丈夫よ」

リンディはそう言って、にっこりと笑った。リンディがすでにあの人型の獣の習性を心得、手綱まで握っていることに感心したが、すっかりと妻の風情を漂わせていることに、もっと感心した。

それからリンディが晩餐会用に召し替え、こちらもきちんと召し替えたアルナルドが部屋に迎えに来ると、ディアデはリンディの指先にキスをして送りだした。

「行啓《ぎようけい》の道中、くれぐれもお気をつけて、殿下」

「ありがとう。ちゃんとお部屋で待っていてね、ディアデ」

「ご安心ください。ディアデはいつも殿下のおそばにおります」

ディアデは笑顔を作って答えた。晩餐会が終わったら、その足でリンディとアルナルドは国内巡啓の旅に出る。王都に来られない国民のために、結婚の披露目で各地を回るのだ。国土が狭く、また王族と国民の隔たりがきわめて低い、セフェルナルならではの風習だろう。そしてそれにディアデはついていかない。――いや、ついていけない。ディアデに警護の任務は与えられていないからだ。

結婚という人生最高の幸せと引き替えに、ディアデを寵愛するという楽しみを手放したリンディが、ふっと瞳を揺らした。ディアデを自分だけのものにしたくて騎士という位を与え、この十八年間、片時も離さずそばに置いてきた。そのディアデを、本来なら騎士の最も重要な務めである警護のためには連れていけないのだ。ディアデは、リンディが口を開く前に、微笑を浮かべて言った。

「殿下が行啓に行かれている間、わたしに休暇をくださって感謝しております。久しぶりにのんびりと過ごしたいと考えております」

「……そう。ゆっくりしてちょうだい」

リンディはおそらく、ごめんなさいね、と言いたいのをこらえた様子でそう答えた。部屋を出る間際、リンディがふっとディアデの頰にキスをくれた。そうしてディアデをきゅっと抱いて部屋を出ていく。見送ったディアデは、小さなため息をこぼした。

「わたしより、殿下にお休みを差し上げたい」

侍衛騎士に休暇がなかったように、王女にも休暇がない。そしてリンディは皇太子に嫁ぎ、皇太子妃となった。貴族の家に嫁いで一般の暮らしを送ることはできなくなったのだ。一生、王族として、休みのない日々を送ることになる。つくづくと大変な立場だと思った。

「……さて、わたしはこれからなにをして過ごそうか」

行啓は半月に及ぶ。その間ディアデは、実に十八年ぶりに、たった一人で日々を過ごすことになったのだ。

「ともかくも、グラーツェンへ戻ろう」

呟いて部屋を出たディアデは、皇太子成婚で街中がお祭り騒ぎになっている王都から、一人、グラーツェンへと馬を走らせた。コンラートのことが頭に浮かんだが、行啓に同行できない自分を知られたくなくて、黙って王都を出た。

翌朝。

昨晩はだいぶ遅くに離宮に戻り、夕食をとったあとは、寝台に入るやいなや眠りこんでしまった。自分の結婚式ではないが、最愛のリンディの式ということで、不備や問題が起きないようにとかなり緊張をしていた。それが一気に抜けたのだろう。十分に眠ったおかげか、すっきりとした目覚めを迎えた。だが口からこぼれたのはため息だ。

「いつもと同じ時間に起きたところで、殿下のお目覚めのお茶に付き合う務めもない……」

なにをすればいいのか思いつかない。目覚めた瞬間からこれでは、今日一日をどうすればいいのか、それどころかこれから半月をどうやり過ごしていけばいいのかわからなくて、ディアデはもう一度深いため息をついた。

朝の身支度を整え、使用人に頼んで部屋に朝食を運んでもらった。セフェルナルに来た当初は、シスレシアにいた時のように使用人食堂で食事をとっていたのだが、ここでは周りの者が皆、ディアデのことを、妃殿下のお話し相手、ディアデ嬢として気を遣い、仕えるという態度を取った。それが申し訳なかったし自分はそんな身分でもないので、やむなく部屋に食事を運んでもらうことにしたのだ。しかしそれはそれでディアデ嬢らしい待遇ということになってしまい、今でもディアデを困惑させている。

採《と》れたての葉物野菜を口に入れ、居室の窓から見える、春の海に視線を投げた。

「なんというか、孤独だな……」

ぽろりとそんな言葉が口から出て、ディアデは苦笑してしまった。これまで十八年間、自分はリンディの幸福のためだけに生きていると本心から思っていた。けれど実際は、リンディを独占できる立場にいる自分に、優越感を抱いていただけなのだと気づいてしまった。リンディが結婚し、アルナルドという男に取られ、リンディの心の大半がアルナルドのことで占められて初めて、自分が大切にしてきたものはリンディの幸福だけではないとわかった。誰よりも美しくて愛らしいリンディを独り占めできる立場。常にそばにいて、家臣ならおいそれと口も利けない王女に、日常的に声をかけ、雑談までしていた侍衛騎士、という立場に酔っていただけなのだと。

「……あの男の言うとおりだな。わたしは殿下に可愛がられている犬だ」

リンディを守っているからではなかった。リンディに可愛がられていたから、すべてのことを許されていたのだ。自分はリンディに寵愛されていたのだと、セフェルナルまで来てやっと気づいた。

「わたしはなんて馬鹿なんだろうな……」

ぼんやりと呟き、残りの朝食を機械的に口に運んだ。

午前中は離宮周りの果樹園を走ったり、筋肉を鍛えたり、剣の鍛錬をしたりして過ごした。体を動かしているとあれこれ考えなくてすむので楽で、この調子で半月やり過ごせればいいと思った。午後からはまだまだつたないセフェルナル語やセフェルナルの歴史を勉強しようと思い、昼食をとってから、辞書と教科書を抱えてお気に入りの離宮裏手、小山のてっぺんへ行った。

春の穏やかな日にうらうらと照らされた海は、とろりと輝いていてまるで鏡のようだ。ぼんやりとそれを眺めながら、妃殿下は今頃どのあたりにおられるだろうか、元気でいるだろうか、と考えた。そうしてふと心に浮かんだ男、コンラートのことを思った。

「本当にこの海をコンラートに見せたかった」

「今見せてもらっている。初めて海を見るが、なるほど圧倒される眺めだな」

突如現れたコンラートに、これ以上はなく正統な、どんな勘違いもしようのない、直球の求婚をされ……、二人揃って崖から海へと落ちたのだった。


港町に建つ海の離宮は、王宮と比べてとても開放的だ。三階建ての各階にぐるりと回廊が巡らされていて、どの部屋からでも回廊に出られる。コンラートが横になっている客間も海に面していて、開け放った窓から春の海風がそっと吹きこみ、窓に垂らした薄絹の帳をふわりと揺らした。

「……、コンラート、腹の傷は開いていないか……？」

海に落ち、びしょ濡《ぬ》れになった服を着替えたディアデは、そっとコンラートの部屋を訪れて尋ねた。コンラートも使用人の仕着せを借りて、おとなしく寝台に横になりながらほほ笑んだ。

「大丈夫だ。縫ったばかりだったら開いただろうが」

「その……、申し訳なかった、頭に血が上ってしまって……」

しょんぼりとディアデは謝った。

海に落ちたとはいっても、二人とも訓練を積んできた兵士だ。着衣のまま難なく泳ぐことができる。ディアデはザパッと勢いよく海面に出るや、浜へ向かってザンザンと泳いだ。すぐ後ろを泳ぐコンラートが、激しく動揺した声で言う。

「ディアデ、ディアデ、大丈夫か、どこか打っていたりしないか!?」

「黙れっ、どこもなんともないっ」

「ディアデ、わたしが浜まで引いていく、無理をするなっ」

「どこをどう見たらわたしが溺《おぼ》れているように見えるっ」

コンラートが、自分が溺れたような必死の形相でディアデに救助を申しでるが、誰のせいでこんな目に遭ったのかと考えると、コンラートを海に沈めてやりたいとさえ思うほど腹が立つ。ともかくもコンラートから離れようとがむしゃらに泳いだ。浜では子供たちが遊び、女たちはなにかの海藻を干し、男たちは漁に使うのか網を繕っている。皆がおや？という表情で見つめてくる中、浅瀬まで来ると立ち上がって、ザブザブと波を蹴《け》って浜に上がった。

「ディアデ、ディアデ！　無理をするな、わたしが離宮まで、…」

「黙れ、馬鹿者っ！　誰のせいでこうなったと思っているのだっ」

後ろから腕を摑んできたコンラートの手を乱暴に払い、ついでにコンラートの顔面に拳を繰りだした。ところがコンラートは、可哀相になるほどうろたえ、申し訳なさがありありと浮かんでいる表情ながら、ディアデの拳をやすやすと受け止めたのだ。ディアデの頭にますます血が上った。

「コンラート！」

「そのとおりだ、すべてわたしのせいだ、わたしが悪かった。ディアデが逃げるものだから、……」

「逃げていないっ！」

「そうか、悪かった、ディアデが後じさるものだから、……」

「後じさってもいないっ!!」

「そうだな、退路を断つような迫り方をしたから、……」

「退路を断たれるなど、わたしはどんな間抜けだっ!!」

コンラートが謝れば謝るほどディアデの怒りが増す。浜で見ている人々が小気味いいと感じるほど、次々と拳や蹴りを繰りだすディアデだったが、生真面目な性格を表すように、接近戦の訓練そのままの攻撃なので、それらをすべて綺麗にコンラートに防御されてしまう。

コンラートが、さすがディアデ、よく鍛錬している、などと感心していることも知らず、まるで歯が立たない自分が悔しくて腹が立って、ディアデは思わず怒鳴ってしまった。

「おまえもわたしが女だと思って馬鹿にしているのだろうっ！」

「……えっ!?」

あまりにも想像外な言葉だった。いつものディアデなら、女だと思って馬鹿にして、など、口が裂けても言わないはずだ。驚きすぎて動きの止まってしまったコンラートの腹に、ディアデの渾身《こんしん》の一撃が決まった。

「……っ」

声もなくコンラートがうずくまる。ディアデは、しまった、と狼狽した。以前カッジオにざっくりと切られた腹、ちょうどそこに拳を叩きこんでしまったのだ。慌ててコンラートを助け起こそうとしたところで、見物していた人々からわーっと歓声が上がった。

「勝負あった！　お嬢さんの勝ちだっ」

「それまで、それまでっ！　もう許してやれっ」

人々が笑いながらディアデたちの間に割って入る。ディアデの肩を叩きながらたいしたものだと言う人や、コンラートに肩を貸す人に囲まれて、ディアデは混乱しながらも皆とともに離宮へ戻ったのだった。

ディアデはコンラートが横になっている寝台の横に、がたがたと卓を引きずり寄せると、そこへ食事を並べながら言った。

「厨房に頼んで、簡単な食事を作ってもらった。その、昼食が、まだだと思ったので……」

「ありがたいな。午前中に王都を出たので、ディアデの予想どおり、昼食はまだなんだ。手伝おう」

コンラートが寝台を下りた。ディアデは慌てて、寝ていろと言った。

「傷が開くぞっ」

「大丈夫だ。殴られて開くような傷なら、セフェルナルにも来られない」

「それはそうだが……」

ディアデは心配に思ったが、言葉どおりにコンラートは平気な顔で昼食を並べていく。それでも、これまできちんと身なりを整えたコンラートしか見たことはなかったら、濡れて乱れた髪も、ズボンからだらしなくシャツを出している姿も、具合が悪いせいに見えてしまう。おろおろしながらコンラートと卓につき、コンラートはしっかりとした昼食を、ディアデは付き合いで軽食をとりながら話した。

「ところでコンラート。なぜおまえの部屋が離宮に用意されているのだ。事前に荷物まで運びこまれて……海に落ちたから急遽《きゆうきよ》用意した部屋とも思えないのだが……」

「ああ、この部屋は皇太子殿下のご厚意だ」

「皇太子殿下のご厚意、って……。どうしてだ、シスレシア国王陛下はもう帰路についておられるのだろう？　どうして警護のおまえがここにいる……？」

「実は陛下に、半月ほど休暇を賜《たまわ》った」

「……半月!?」

ディアデは驚愕した。シスレシアでは、一般の兵卒なら年に一度、一ヶ月の休暇を取れる制度になっているが、士官は特別な許可を貰った時以外、長期休暇は取れないはずだ。しかも休暇を取れても出かける先は、王都から馬で半日の距離までと定められている。それなのに半月も、それもセフェルナル流に道を無視して馬を飛ばしても、二日もかかるここで過ごすなど、あり得ないことだ。

ディアデは晴れやかに笑うコンラートを見つめ、やはり神経がどうかしているのではないか、休暇というのも妄想で、黙って国王のそばを離れてきたのではないかと心配になり、コンラートを興奮させないようにそっと尋ねた。

「おまえがグラーツェンにいることを、陛下はご存じなのか……？」

「ああ。アルナルド皇太子殿下が直々に、わたしに休暇をくれてやれと、陛下に談判なさった」

「皇太子殿下が!?　おまえに休暇をと!?　なぜだ、どうしてだ、おまえと皇太子殿下はそれほど親しい付き合いをしていたのか!?」

「いいや。おまえも半月、休暇だとお聞きしたから」

「あ、いや……、わたしは休暇というより、留守番だ……」

そう答えて、ディアデは無意識に顔を伏せた。コンラートは胸を痛めた。アルナルドが言っていたように、ディアデには今、自分がすべきことも、いるべき場所もないのだろう。休暇を留守番と言ってしまう卑屈さや、そう言ってしまう自分を不甲斐なく思っていることが、顔を伏せるという行動に如実に表れている。

(わたしのよく知るディアデは、なにがあっても決して顔を伏せるような女性ではなかった)

このままここに置いておいてはいけないと思った。半月すればリンディが帰ってくる。そうすればディアデはこれまでのように、真摯《しんし》にリンディに仕えるだろう。なにも心配することはありません、なんでもディアデに言ってください、殿下の心配はすべてディアデがなんとかしますと言い、リンディの話し相手、相談相手としてリンディに侍《はべ》るだろう。けれどディアデには話し相手どころか、愚痴をこぼせる知り合いもいないのだ。このままディアデを放っておいたら、必ず病気になってしまう。

コンラートは決めた。ディアデをシスレシアへ連れて帰ろう、と。

「ディアデ。よい機会だから、わたしと結婚してシスレシアへ戻ろう」

これまたコンラートは直球で言った。ディアデははっとしたように顔を上げると、気まずそうに答えた。

「その、おまえにはここ数ヶ月、期待をさせてしまってすまないと思っている……。だがわたしは、おまえから譲られた指輪が、こ、婚約、指輪だとは、思っていなかったのだ……」

「ああ。そうらしいな」

「勘違いをさせて、本当にすまなかった……。わたしはおまえと、婚約をしたつもりは、ないのだ。だから結婚も、考えられない……申し訳ない」

　ディアデもまた直球で結婚を断った。きっとコンラートは落ちこむだろうと思って密《ひそ》かに胸を痛めたが、そうっと窺ったコンラートの表情は、少しも傷ついた様子ではなかった。それどころかいつもの穏やかな微笑を浮かべて言ったのだ。

「ディアデが謝ることはない。わたしが思っていたよりも、遙かにディアデは鈍感だったというだけのことだ」

「鈍感だと!?　……ああ、いや、たしかに鈍感だな、わたしは……」

「だが、さっききちんと求婚もして、はっきりとわたしの気持ちをおまえに伝えたことだし、問題はないだろう。わたしと結婚しよう、ディアデ」

「……だから、どうしてそこで結婚になるんだ。たしかに求婚はされたがわたしは了承していないし、第一交際すらしていないんだぞ、わたしたちはっ」

　なぜこんな簡単なことがわからないのだと、ディアデは呆れてしまった。けれどコンラートは自分のおかしさに気づいていないのか、真剣な目でディアデを見つめてきた。そうしてやっぱり直球で言った。

「ディアデ。わたしのことが嫌いか」

「も…ちろん、嫌いではない。嫌いではないが、だからといって、それだけで結婚するというのはどうかと思うぞ」

「それだけ、ではないと思うが。兵学校の頃は、それこそ寝食をともにしていたし、お互いに配属が決まって宿舎を出てからも、空いた時間はたいてい一緒に過ごしていた」

「たしかに、たしかにいつもおまえと二人でいたが、…」

「だろう？　そうやってもう十年だ。十年、わたしたちはよい関係でいる。結婚をしたからといって、この関係が変わるわけではない。わたしはこれからもディアデと対等であり、ディアデの考えを尊重していく。不都合はないだろう？」

「不都合……は、ないかもしれないが……」

「かもしれないではなく、不都合はない。侍衛騎士から伯爵夫人へと、おまえの、身分が、変わっても」

身分が変わる、と強調して言うと、案の定ディアデは動揺を見せた。弱っているところを突くのは卑怯だと思ったが、だからといってここにディアデを残したままでは、いつかディアデの心が病む。それくらいなら、卑怯だろうがなんだろうが、ディアデをシスレシアに連れて帰る。そう決めているコンラートは、にっこりと笑い、一晩かけて考えたディアデ説得案を繰りだした。

「ディアデ。シスレシア国の侍衛騎士として、この国で暮らすのはつらいだろう？　王女殿下はセフェルナルの皇太子と結婚されて、セフェルナルの皇太子妃になられた。国の籍がセフェルナルに変わられた」

「……」

「だからセフェルナルの近衛兵が、正式に、妃殿下の警護についているはずだ。騎士としてのディアデに役目はない。ここでは立場がないだろう?」

「そんなことは…っ」

ない、と反論をしかけて、ディアデは言葉を呑んだ。コンラートの言ったことは本当のことだし、違うと言ってコンラートにまで虚勢を張ることはない。コンラートなら、自分の今がどうであれ、これまでと同じように付き合ってくれるという確信がある。ディアデは小さなため息をこぼしてうなずいた。

「…おまえの言うとおりだ。わたしはここでは名ばかり騎士だ。周囲は皆、わたしのことを、妃殿下のお話し相手と認識している……」

「ディアデはそれでいいのか? 一生、妃殿下のお話し相手として、それこそ妃殿下が身罷《みまか》るまで、ここでお話し相手として過ごしていけるのか?」

「妃殿下がそれをお望みならわたしはそうするっ、どれほどつらくてもっ、苦しくてもだっ」

「本当にそれでいいのか? わたしは苦しむディアデを放っておけない」

「…っ、それならっ! それならおまえは、わたしに同情をして結婚を申しこんだのか!? 可哀相だから!?」

「ディアデ、そうじゃ、…」

「今までわたしはシスレシアの侍衛騎士として、誇りを持って職務に当たってきたっ。どのような賊が襲ってこようとも、わたしの命と引き替えにすれば、妃殿下を逃がす時間くらいは稼げると思ってきた、本心からだっ」

心に溜まっていたことが、堰《せき》を切ったように口からあふれだす。コンラートになら、本心を晒《さら》してもいい、許される、と思った。

「だがここへ来てみたらどうだっ。わたしは騎士という体裁さえ保つことはできず、お話し相手どころか妃殿下の犬になってしまったっ。妃殿下を守るどころか、妃殿下に守られ、気を遣わせる始末だ…っ」

「ディアデ……」

「おまえだって同情してるのだろう、コンラートっ。妃殿下の、愛玩犬に成り下がったわたしを……っ」

愛玩犬、と口に出したら、耐えがたい惨めさに襲われた。抑えきれずに涙があふれてきて、初めて人前で悔し涙をこぼした。手のひらで乱暴に涙をぬぐうと、コンラートが黙ってテーブルナプキンを差しだしてきた。

「着替えを借りたので、ハンカチを持っていなくて……」

「……ありがとう」

鼻声で礼を言ったディアデがナプキンでぐいと目をこする。優しいな、と思うディアデに、コンラートは穏やかな口調で言った。

「ディアデは犬などではないよ」

「……」

コンラートの慰めに、ディアデは黙って首を振った。ふう、とため息をついたコンラートが、やはり穏やかに言った。

「……わたしが初めてディアデを見た時、翠玉のような瞳で長い紅茶色の髪を風に揺らし、濃い桃色のドレスを着ていた。人形でも立っているのかと思ったくらい、可愛かった」

「…いきなり、なんだ……、そんな、昔のこと……」

ずっと鼻をすすったディアデは、訝しむ気持ちでコンラートを見た。コンラートは、涙をいっぱいに溜めた目を見て、初めて胸が引き絞られるように痛むということを経験した。可哀相でそして愛しくて、きっと自分にだけは見せてくれる涙が綺麗で可愛くて、コンラートは、慰めたいのかなんなのかわからなくなった自分に困惑しながら言った。

「その綺麗な女の子が、本当に兵学校に入ってきたものだから、とても驚いた。しかも、長い髪をばっさりと切っていて、生まれて初めて愕然とするという気持ちを味わった」

「髪……？」

「ああ。同時に入校してきたほかの侍衛兵候補の女の子たちは、皆、不安や不満を隠して、いつか実家に帰るのだという気持ちの表れのように、長い髪のままだっただろう？　それなのにおまえは、リボンも結べないほど短く切ってきて」

「当たり前だろう。わたしは殿下の騎士になるために、自分から兵学校を希望して入校したのだ。王室に命じられていやいや入校した女子たちとはわけが違う。騎士は殿下を守るのが仕事だ、長い髪など邪魔になるだけだろう。その後、殿下からご命令を受けて少し伸ばしたが」

知っているだろうに、と訝しく思いながらコンラートを見つめた。コンラートはふっとほほ笑むと、ゆっくりと深くうなずいて言った。

「そう。ディアデは自分の意思で騎士を目指し、自分で努力を重ねて騎士になった。自分のことを自分で決め、自分の望みを自分の力で叶《かな》えることは、女性としてはとても強いと思う」

「そう言われればそうだな……。わたしが騎士になると言ったら、両親は大反対をした。幼い頃に殿下のお遊び相手として選ばれた時は喜んでいたのに、いざ兵学校に入るとなったら、二年で家に戻れ、そして結婚をし、ふつうに生きてほしいと泣かれた。それでも騎士になると言い張って入校したのだった。わたしは我が強いのかもしれないな……」

むう、と眉を寄せてディアデが考えこむと、ふふふ、とコンラートが思いだし笑いをした。

「そういえばあれはディアデが十五の時だったか？　聖モントの夏祭りで訓練場が開放された日に、おまえのお父上がシェリング伯爵を連れてきたのは？」

「ああ、そうだ。近衛兵学校で出す菓子の屋台を、兄弟姉妹が楽しみにしていたのだ。あの日もてっきり家族で祭りを楽しみに来たのだと思っていたのに」

聖モントの夏祭りは王都をあげての盛大な祭りだ。通常は部外者の立ち入りを禁止している兵学校の訓練場も開放されて、いろいろな屋台が並んだり、日頃の成果を見てもらうために、楽団の演奏や剣技の披露などをする。ディアデの兄弟姉妹ももちろんやってきたが、その年はディアデより五つ上だというシェリング伯爵まで、父に連れられてやってきた。シェリング伯爵とは知り合いどころか、顔を見るのはその日が初めてだというのに、父親はなんとも晴れ晴れとした顔で言ったのだ。ディアデの結婚相手だと。

思いだしたディアデはため息をついた。

「姉と間違えているのかと疑って、わたしはディアデで、姉は今外の屋台にいると父に言ったんだ。そうしたら、姉ではなく、わたしの婚約者だと言うではないか。なにを勝手にと思ったし、伯爵もおそらく騙《だま》されて来たのだろうと思ったのだ」

だから、わたしがディアデ・ブリュッケン准尉《じゅんい》、国軍の兵士だ。シェリング伯爵はわたしではなく、姉と婚約をするつもりで連れてこられたのではないか、と尋ねた。ところがだ。

「伯爵は不躾にもわたしの手を握り、歯の浮くような美辞麗句を並べ立て、つまらない軍などさっさと辞めて、自分と結婚してくれと抜かしたのだ。殿下の騎士となるために入校以来、学年首席の成績を保ってきたわたしに、軍などさっさと辞めてと、笑顔でっ、あっさりとっ、ほざいたのだ、あいつはっ」

　思いだすだけで腹が立つ。ディアデはうなり、拳を握りしめた。コンラートはふふっと笑ってうなずいた。

「聞いていた。わたしもそばにいたからな。ああこれはシェリング伯爵、殴られるな、止めなければと思っていたら……」

　怒りでなく軽蔑《けいべつ》を表情にみなぎらせて、ディアデは言ったのだ。

『わたしの夫になるということは、わたしを守ってくれるということだな。ではわたしより強くなくては話にならない。手合わせ願おう。もしもわたしが負けたら、潔くあなたの妻になろう』

　あの時のことを思いだして、コンラートは苦笑した。

「まさか伯爵が受けるとは思っていなかった。相手が十五の少女だと思って侮っていたんだろうな」

「愚かだったな。貴族のたしなみとして剣を操っている伯爵と、鍛錬の日々を過ごしていたわたしとでは、子供と大人ほど力に差があるというのに。剣を弾《はじ》き飛ばしてやった時の伯爵の顔を見ていたか？　茫然というよりきょとんとしていたぞ」

「見ていた。まるで奇術でも見たような表情だったな。それでディアデはこう言ったのだ。

『わたしはあなたに守ってもらう必要はない。あなたは、自分で自分の身を守ることもできない、あなたよりもずっとか弱い姫君を守って差し上げればいい』。伯爵には申し訳ないが、今思いだしても笑える……っ」

コンラートは顔を伏せて、ククックと笑った。けれどディアデは、なにがおかしいのかわからずに、首を傾げた。

「それのどこがおかしい？　わたしは殿下をお守りするために騎士になると決めたのだ。そのわたしを妻にして家に置きたいというのなら、わたしより強い男が相手でなくてはとうてい納得できないではないか」

「たしかにな」

コンラートは微笑を浮かべてうなずくと、じっとディアデの目を見つめた。

「わたしはそういうディアデの志を尊敬している。だからこそ、以前のように、自分というものに誇りを持ってほしいと思っている」

「……誇り？」

笑える昔話からふいに現実に引き戻される。ディアデはコンラートから視線を逸らして言った。

「誇りは今でも持っているとも。いつでも殿下のおそばにいて、殿下をお慰めする、愛玩犬としての誇りをな」

そう言って自嘲したディアデの目に、また涙がにじんだ。コンラートはため息をこぼすと、静かに言った。

「おまえは、自分に誇りを持つのではなく、身分に誇りを持っていたのか？」

「……身分？」

「ああ。だったら、侍衛騎士になどならなければよかった。伯爵令嬢のほうが騎士よりも身分は上だ」

「馬鹿馬鹿しい。身分など、生まれた家にたまたまついていたものだ。努力もせずに手に入れたものに誇りなど持てるわけがない」

「では、騎士ということに誇りを持っているのか？」

「当然だ。わたしは妃殿下の身を守るために鍛錬を続けてきた。妃殿下もそんなわたしに信頼を寄せてくださっている。そのことを誇りに思っているのだ」

「よくわかった。それなら尋ねるが」

コンラートは責める口調にならないように気をつけて、丁寧に穏やかに言った。

「ディアデが本心からそう思っているのなら、なぜ今の自分を妃殿下の愛玩犬だなどと卑下する？」

「それは……、今の妃殿下の警護には、セフェルナルの近衛兵がついているからだ。わたしの出る幕はない」

「ああ。それで？」

「軍の訓練にもわたしは参加できない。ああ、わかっているさ、わたしはシスレシアの人間だからな、でも参加を断られた理由はそれじゃない、わたしが女だからだ…っ」

「……そんなことがあったのか」

「近衛兵たちからはまるで淑女のように対応されるし、女官たちもわたしに礼をとってくるんだ。なぜならわたしは妃殿下のお気に入りの話し相手で、ディアデ嬢だからなっ」

「……ああ」

「そんなわたしになにができる？　妃殿下のおそばで、妃殿下が誰にもこぼせない愚痴を聞くくらいしかできないだろうっ。これが愛玩犬でなくてなんだっ」

「ディアデ。そう考える時点で、おまえは騎士としての誇りを失っているよ」

「……どういう意味だ」

ディアデは怒りの眼差しをコンラートに向けた。コンラートは怯むこともなく、穏やかな笑みでそれを受け止め、答えた。

「妃殿下から信頼を頂戴し、妃殿下をお守りするために鍛練を積んできたとディアデは言ったな。本当に、そんな自分に誇りを持っているのなら、周りからどう思われようが、なんと呼ばれようが、気にしないはずだ」

「……っ」

「騎士は特別な地位だ。貴族も平民も関係なくその位に就ける。生涯をかけて主を守ると誓うのが騎士だ。その志に、地位の高い低いは関係がないからな」

「わかっているっ」

「そうか。おまえが本当に妃殿下の騎士であることに誇りを持ち、妃殿下の健康と安全、幸福を守り願うことが本心だと心から思っているのならな。妃殿下の警護に、勇猛果敢なセフエルナルの兵が就いたことを喜ぶべきじゃないのか」

「……っ！」

「セフエルナルは小国とはいえ、品質最高の塩を産する。かつてのシスレシアと同じほど豊かな国だ。その国に皇太子妃として嫁がれたことを喜ぶべきじゃないのか」

「……っ、だが、その皇太子が最悪だっ」

ディアデの口からぽろりと本音がこぼれ出た。おおっぴらに笑うことは憚《はばか》られるので、コンラートは顔を伏せて肩を揺らした。なんとか笑いをやり過ごし、それでも口端を笑みの名《な》残《ごり》で緩めて言った。

「たしかに、あのかたはシスレシアの価値観からすると、とても洗練されているとは言えないが、知識も教養も圧倒されるほど豊富だ。情にも厚いし、戦いにおいては圧倒的な力を持っている。妃殿下がそんなかたを夫に持たれたことを、なぜディアデは素直に喜ぶことができない？」

「それはっ、……っ」

言い返そうとしてディアデは唇を噛んだ。言い返す言葉もないからだ。コンラートのアルナルド評は正しい。言葉が汚いのはごく親しい人間との間だけだし、動作が粗暴なのも、一事が起きたらすぐさま剣を取って戦いに赴く……言うなれば兵士と同じなのだから、宮廷貴族のように品よくなよなよしていては話にならないからだと理解している。いくつもの言語を母語のように操るし、ディアデが耳にしたことすらない遠い国の歴史や文化にも造詣《ぞうけい》が深い。そして一番敵わないと思うのは、ディアデがリンディのために命を捨てる覚悟でいることとは違い、アルナルドはリンディのために生き抜く覚悟でいることだ。どんな強大な敵が攻めてこようとも絶対に斃《たお》し、必ずリンディのもとへ帰るという強い気持ち。なにがあってもリンディを一人にはしないのだと、リンディの命も人生も腕に抱えていく強さを持つアルナルドだ。自分など、太刀打ちできるわけがない。

それでも、全部わかっていても、言いたくはないのだ。リンディを守るためにつらく苦しい訓練に耐えてきた十八年間は、意味のないものだったと。リンディを守るどころか、実はリンディに可愛がられ、リンディのおかげで特別な待遇を手に入れていたのだと。わかっていても、自分の口から言いたくはないのだ。

コンラートはそれをディアデに言わせる代わりに、そっと手を握った。

「ディアデ。妃殿下もセフェルナルへ渡り、父君や兄王の庇護から離れた。先王の娘や、国王の妹という守られる立場から、セフェルナル皇太子妃となり、自立した立場になられた。

だからディアデ、おまえも一人で立て」

「……」

「以前のおまえのように、誰になにを言われようが、妃殿下をどのような悪《あ》しきことからもお守りするという志を貫く、強いディアデに戻ってほしい。妃殿下がいてこそのディアデという考えは捨ててほしい」

「……」

ディアデは伏せていた顔を上げ、真っ直ぐにコンラートを見た。コンラートはいつでも直球でものを言う、と思った。

(静かな優しい口調。けれど、回りくどい言い方はしない)

ディアデが最も聞きたくないこと、リンディあってのディアデ、ということさえも、こうしてはっきりと口にする。人によっては繊細さに欠ける男だと取られるだろう。けれどディアデはコンラートと話していて、不快な気分を味わったり悲しくなったことは、この十年、ただの一度もない。砂糖をまぶしたような甘い言い回しをしないからきつく感じられるが、コンラートは人を傷つけることは絶対に言わないのだ。

(……妃殿下の寵愛を得られず、それを誇示……できないことを拗《す》ねるなと……)

こんなにもはっきりと言ってくる。それでも、いやな気持ちはしない。コンラートが本当にディアデのことを心配していることが、真っ直ぐな言葉から伝わってくるからだ。これがコンラートの優しさなのだ、とディアデは改めて思った。

「……おまえはいつも、わたしに優しいな……」

ぽつりとディアデが呟くと、コンラートはふふふと笑って答えた。

「わたしも男だからな。愛する女性には優しくしたくなるのだ」

「あ……、ああ、愛する、だと……っ」

ディアデはたちまち赤面した。うっかりと忘れていたが、一刻ほど前に求婚をされたのだ。それもきわめて正統な、コンラートにしては奇跡のように甘い言葉を並べてだ。顔の赤みが全身に広がり、恥ずかしさで汗までにじんでくる。頭が回らなくなって硬直していると、コンラートが握っていた手をふと持ち上げた。なんだ、と思ううちに、その手にコンラートが口づけをした。

「……っ!!」

「ディアデ」

もう一度、指先にキスをされた。ぞわっと全身に寒気が走った。体中熱いのに、べつにいやではないのに、どうしてこんな感覚が、と大混乱をしていると、コンラートは真っ直ぐにディアデの目を見つめ、照れることも臆《おく》することもなく、いつもと同じように穏やかに言った。

「ディアデ、おまえが好きだ。愛している」

「コ、コ……っ」

「兵学校の生徒だった時のディアデも、騎士見習いだった時のディアデも、侍衛騎士になってからのディアデも、ずっと好きだった」

「コココンラートっ、ま、待ってくれ…っ」

「たとえばこの先、おまえから、どんな肩書きがなくなろうとも、おまえを愛し続ける。ディアデ、おまえがディアデならわたしはそれでいい。ずっと、ずっとだディアデ、愛していく。美しいディアデ、どうか私の妻になってほしい」

「愛…？　美しい…？」

コンラートが口にしたとも思えない言葉だ。あまりにも似つかわしくなくて、ふ、と微笑《わら》ってしまったディアデだが、言葉の意味と、コンラートが、男が、異性が、それを口にしたことの意味がじわじわと頭に染みこみ、理解できたとたん、ディアデの心臓がとてつもなく大きく跳ねた。それから自分でもわかるほど、カアッと顔が熱くなった。求婚された時よりもなんというか……。

（……う、嬉しい、のか……!?）

驚愕した。たしかにこの気持ちは、恥ずかしいのではなく、嬉しいのだ。コンラートに、愛していると言われたことが。

（ほ、本当か!?　本当にコンラートがそう言ったのか!?　愛していると、このわたしに!?）

信じがたい、とディアデは思い、思ったままの不安を口にしてしまった。

「ま、待てコンラート！　う、美しいというのはなっ、妃殿下のような女性のことを言うのだっ、妃殿下と比べたらわたしなど月とすっぽん!!」

「ディアデ、比較対象を間違えている。妃殿下はボルトア大陸の花と呼ばれているかた、特別なかただ。比べることがおかしい」

「そ、それもそうだなっ、僭越《せんえつ》すぎたっ」

コンラートにクスクスと笑われて、ディアデはますます混乱した。

「し、しかしなっ、わたしは十年もドレスを身につけたことがないっ。宝石などで身を飾ったこともないしっ、宮廷の姫君がたのように愛らしく笑うことさえできないんだぞっ。こんなわたしを妻にしたいなどっ、正気の沙汰ではないっ」

「そうか。では、狂気の沙汰にしておこうか」

コンラートはにっこりと笑った。

「わたしは愛らしく媚《こ》びを売るような微笑より、太陽のように明るく笑うおまえの笑顔のほうが好きだ。ドレスや宝石もわたしにはどうでもいいな。外側がどうであっても中身がディアデならそれでいい。短い髪でもズボンでも、わたしはディアデが好きだ。愛している。だから、私の妻になってほしい」

「コ、コンラート…っ」

なにをどう言ってもコンラートの気持ちは揺るがないようだ。つまりは本当に本気でコンラートは自分のことが好きなのだと、愛しているのだと認めなくてはならず、しかしそこで、にっこり笑ってありがとうと言えるような可愛い女ではないと、ディアデは自分でもわかっている。恥ずかしくて恥ずかしくて、照れと羞恥《しゅうち》が極限に達したディアデは、とんでもないことを言ってしまった。

「おお、おまえの気持ちはよくわかったっ！」

「そうか。では結婚してくれるか？」

「そんな簡単に結婚などするものかっ！　おまえがどうあってもわたしを妻にしたいというのならっ、剣でわたしを打ち負かしてみろっ！」

「なるほど。夫とは妻を守るべき者だからな」

「そのとおりだ！　わたしはわたしより弱い男の妻になるなど、まっぴらごめんだっ!!」

ズバーンと、それは堂々と、力の限りディアデは言った。おまけでバンと卓も叩いた。聞いたとたん、コンラートが顔を背けた。肩も背も腹までもふるえているし痙攣《けいれん》しているので、大笑いしたいのをこらえていることはすぐにわかる。馬鹿にされたと誤解したディアデは、怒りでも顔を赤くしてコンラートに食ってかかった。

「なにがおかしいっ、なぜ笑うっ」

「いや、いや……っ、飛んで火に入る、とか、カモがねぎ、とか……っ」

「は!?」

「いや、いいんだ、いいんだ、ディアデ。ところで、今の言葉は本当だな？　騎士に二言はないな？」

「ないっ!!」

「うん。ではその試合、受けよう」

コンラートは実に晴れやかな笑みでそう言った。ディアデは大見得を切った手前、なぜか偉そうにうなずいて言った。

「よし。おまえは病み上がりだからな。時間と場所はおまえに選ばせてやる。ゆっくり養生してからでも構わない。わたしはいつでも相手になってやるっ」

ディアデは宣言すると卓を立ち、食べ終えた食器を重ねて盆に載せ、それを持つと、ゆっくり休んでいろ、と命令して部屋を出た。

(し、しまった、やってしまった……っ)

部屋を出たとたん、通路に壁にどっと体を預けて大後悔をした。やり合うまでもない。コンラートのほうが剣の腕は何倍も上なのだ。

(未だかつて、コンラートに勝てたことはないではないかっ)

本当に失敗した。女だからという理由で舐められてはいけないと、なんであれ張り合ってきた悪い癖が、最も悪い時に出てしまった。コンラートが相手では、それこそ死ぬ気で立ち向かったところで負けることは目に見えている。負けたら……。

（コ、コンラートの、妻に、なる……っ）

この自分が、ザウアー伯爵夫人になるのだ。またしても身を焼くほどの羞恥に襲われたが、しかし騎士に二言はないのだ。試合の結果で結婚は決める。決めるが、どうにも想像ができない。

（コンラートの妻に……）

うう、と唇を噛んで体を起こし、厨房へ向かって歩きながらディアデは考えた。

（結婚をしても好きにしていいとコンラートは言った）

だからきっとドレスは着なくても文句は言われないと思う。それから日課の体作りと剣の修練についてもやらせてくれるだろう。そこまで考えて、ん？　とディアデは首をひねった。それなら今のままとなにが違うのか。コンラートの屋敷に移ること以外で、なにが……。

（ああ……、妃殿下のおそばを離れるのだ……）

三つの時からほぼ二十年。ずっとそばについていたリンディと、初めて物理的な距離を取ることになるのだ。それこそ想像もできないことだが、先ほどコンラートに言われた言葉、リンディの健康と安全、幸福を願う気持ちは真実だ。犬と言われようがなんと言われようが、リンディが幸せに暮らしてくれることが、ディアデの本望なのだ。

「……今だって、部屋の真ん中と隅という距離だが、殿下とは離れている。それが、セフェルナルとシスレシアという距離になるだけか……」

リンディの安全は、近衛兵と、なによりあのアルナルドが守ってくれる。ディアデがリンディの盾《たて》にならなくとも、魔神のようなアルナルドがいれば、リンディの身の安全はたしかだ。

「身の回りのことも小間使いや女官たちがきちんとお世話をしてくれる。……わたしが殿下の間近にいる意味はない、ではなく、間近にいなくても、大丈夫、なのだ」

やっとわかった。納得ができた。コンラートが言った、騎士の志を貫けとは、こういうことなのだ。自分がどこにいようとも、リンディが一分一秒を幸せに過ごせるのなら、それでいい。最愛のリンディの幸福を願う気持ちは、リンディの父親である先王にも、兄である国王にも、あの獣同然のアルナルドにも負けない。もしもリンディになにかがあれば、たとえ親が危篤《きとく》であっても駆けつける。その心構えさえ失わなければいいのだ。その心構えさえある限り、どこにいようとも自分はリンディの騎士だ。

「……殿下から自立するとは、そういうことなのだな」

一年近くコンラートと離れていても、特に寂しさを感じなかったのも同じことだと気づいた。離れていても、コンラートの気持ちを、愛情を、自分でそうとわからないほど無意識だったが感じていた。

「わたしは常に殿下の後ろに控えていたが、そのわたしの後ろには、常にコンラートがいてくれたのだ……」

顔が見えなくとも、どれほどの距離があろうとも、コンラートの気持ちは変わらずにそばにあった。それがどれほど自分の支えになったか。

ディアデはふっと微笑うと顔を上げ、久しぶりに堂々と通路の真ん中を歩きながら思った。

(わたしの最愛の女性が殿下なら、最愛の男はコンラート、おまえということになる)

それならば結婚をしてもいいと思った。ディアデにとって女性のお手本であるリンディは、アルナルドのことを自分の男、自分のものとして、あるゆることで主導権を握っている。だから自分もあのようにすればいいのだと思った。

「力では負けても立場が上なら、負けたことにはならないからな。さすがは妃殿下、わたしも見習わせていただこう」

鈍感さと機微の疎さにかけては右に出る者はいないディアデは、立場が上というのは精神的に上に立つのだということもわからず、希望に目を輝かせて強くうなずいた。

一方、国内巡啓の旅に出ているリンディとアルナルドは、王都の隣の県、デラトーレに宿泊していた。アルナルドの側近、カッジオ・デラトーレの故郷で、その名前からわかるとおり、デラトーレ家のいわば領地だ。カッジオの父親であり、県の領主でもあるデラトーレの館の貴賓室で、二人は就寝前のくつろぎの一時を過ごしていた。

「あああ、疲れた。移動中、ずっと国民に手を振っていることが、こんなに疲れるとはな。おまえも疲れただろう、リンディ」

寝台に大の字になったアルナルドが、もううんざり、という表情で言う。化粧台に座って髪を梳《す》いていたリンディは、ふふ、と笑って答えた。

「わたしは平気よ。民に手を振ることは馴れているし、疲れないこつがあるのよ。教えましょうか？」

「遠慮する。教わったらやらねばならない。手を振ることはおまえに任せた、俺はもうやらない」

「だめよ。国民のために各地を回るのよ、皆の祝福に応えなくてどうするの。たった半月でしょう、馬車で移動する時だけ、アルナルド皇太子殿下でいてちょうだい。わかったかしら？」

「おまえが俺の下で可愛く鳴いてくれたら、よくわかるかもしれないな」

パッと寝台を下りたアルナルドが、リンディを抱き上げる。疲れているのではないの、と笑ったリンディが、軽い口づけをアルナルドに与えた時だ。窓からアルナルドの飼っている隼《はやぶさ》、ヴァーゼが飛びこんできて、リンディを抱いているアルナルドの肩に羽音を立てて止まった。ヴァーゼの足を見たリンディが、表情を厳しくして言った。

「伝書が結ばれているわ。なにか起きたのかもしれないわね」

「おまえとの愛の時間は後回しだな」

アルナルドも表情を引き締め、リンディをそっと寝台に下ろすと、ヴァーゼの足から伝書を取った。さらりと読み下したとたんだ。アルナルドが大笑いをしたのだ。驚いたリンディだが、国情を揺るがすようなことが起きたのではないとわかって、ほっとした。微笑を浮かべて尋ねる。

「なぁに、そんなに笑って。面白いことでも起きたの？」

「とてつもなく面白いことが起きたぞっ。おまえの女騎士が近衛兵隊長に求婚されてっ、ふ、二人揃って離宮の崖から落ちた…っ」

「ええっ!?　それで!?　ディアデは無事なの!?　怪我はしていない!?」

「無事だ、なんともない。それどころかおまえの女騎士は、浜に上がったところで兵隊長を伸《の》したそうだぞっ」

アルナルドはゲラゲラと笑い続ける。ディアデの無事がわかって安堵したリンディは、そこでやっと、求婚、という言葉が頭に入った。たちまちむうっと眉を寄せたリンディは、涙までにじませて笑うアルナルドに言った。

「ザウアー伯爵がディアデに求婚をしたのね？」

「ああ、そうだ。それで女騎士は驚いて崖から落ちた」

「ザウアー伯爵ったら、わたしのディアデをそんな目に遭わせるなんて、許せないわ。だめよ、ディアデはわたしの騎士よ、ザウアー伯爵にも、誰にもあげないわ」

ツンとしてリンディは言う。リンディがこの件を知って、なにをどう言うか予想していたアルナルドは、まったく予想通りのリンディに笑いを噛み殺し、言った。

「だが兵隊長は、ずっと前からおまえの女騎士に惚《ほ》れているんだぞ。婚約指輪もとっくに渡している」

「婚約指輪ですって？　わたしは聞いていないわっ。もしそれが本当なら、ディアデは必ずわたしに言うものっ」

「おまえがそんなだから、あの女騎士も言えなかったんだろうが」

アルナルドはわざとため息をこぼした。ディアデが婚約指輪だとは思わずに指輪を受け取っていた、などと教えるつもりは微塵もない。ディアデのことなら自分が一番よく知っている、と思っているリンディだから、したり顔をするアルナルドが気に入らなくて、碧玉そのもののような青い瞳でアルナルドを睨みつけた。

「どういう意味!?　わたしがどうだというの!?」

「だから。女騎士が兵隊長と婚約した、つまり結婚したいとおまえに言ったとしたらだ。おまえは即座に反対するだろう？『だめよ、ディアデはわたしのものなのよ、誰にもあげない』とでも言ってな」

「……っ」

「あいつはシスレシアで正式に、おまえの侍衛騎士の称号を与えられているんだろう？　つまり、一生をおまえに捧げると誓っているはずだ。違うか？」

「それは……、そうよ、騎士だもの……」

「その、生涯の忠誠を誓ったグリューデリンド殿下に結婚を反対されたら、女騎士の立場としては従うしかないだろうが」

アルナルドはわざと微妙に事実を歪曲《わいきょく》し、ディアデはリンディのせいで、結婚どころか婚約のことさえ言いだせない、と誤認を誘うような言い方をした。アルナルドはディアデがコンラートをそういう意味で好いていたとは思っていないが、ここは二人は以前から相愛なのだと思わせなくてはならない。リンディはアルナルドの予想どおり、衝撃を受けた表情を見せ、青い瞳を潤ませて言った。

「ディアデは……、わたしに遠慮をして、ザウアー伯爵とのことを、黙っていたの……？　ディアデは、ザウアー伯爵が、好きなの……？」

「そのとおりだ」

ここで一気に丸めこむぞ、とアルナルドは気合いを入れた。なにかにつけキャンキャンと吠えかかってくる、あの邪魔な女騎士を追い払う機会など、今を逃したらないのだ。

「おまえが女騎士を可愛がっていることは俺だって知っているさ。そのためにおまえが、あの女騎士の居心地が悪くならないように、見ているこっちの胃がむかむかするほど、周りに気を配っていることもわかっている。そうまでして大事にしてやっても、あの女騎士自身が、今の自分の立場を不安に思っていることに、おまえだって気づいているんだろう？」

「……」

「いくらおまえが、わたしの大切な騎士、とあいつに言ってやったところで、騎士という身分のないここで、セフェルナルで、あいつの出る幕はない」

「…わかっているわ、わかっているわよっ」

「本当にわかっているのか？　わかっていて、それでもあいつを騎士としてそばに置きたいというのか？」

「……」

「あいつはおまえの騎士である自分に誇りを持っているんだぞ。おまえのために軍に入り、おまえのためにつらい訓練を受けてきた。そのへんの山賊や盗賊が相手なら、あいつは余裕でおまえを守れるだけの力をつけている。全部おまえのためにだ。そのあいつから、身辺警護という役目も、パレードでの警護という役目も取り上げて、それでおまえは平気なのかと聞いているんだ」

「平気なわけがないでしょう!?　だから少しでもディアデの居心地がいいようにと思って、あなたが言うところの胃がむかむかするような気を配ってきたのよっ」

リンディが、すでに涙をにじませた目でアルナルドを睨む。ディアデの不安や不満など、アルナルドに言われるまでもなく、リンディ自身が一番わかっているのだ。アルナルドはため息をこぼし、言った。

「あいつはおまえに可愛がられるだけの自分に、深く傷ついているぞ」

「……っ」

「だがそんなことはおまえに言えっこない。騎士はおまえを守るのが役目で、おまえに慰めてもらう役目はないからな」

「…そんな言い方をしないで」

「知っているか？　あいつは軍の訓練への参加を、女だからだめだと断られた。兵たちからディアデ嬢と呼ばれ、離宮にいる者たちからは、おまえの話し相手だと思われている。口が悪い奴は、妃殿下の飼っているわんちゃんと言っているぞ。あいつの自尊心はぼろぼろだ。それでも、おまえのために、おまえの前では騎士だと言って笑っているんだ」

「もう言わないでちょうだい…っ」

とうとうリンディの目から涙がこぼれた。けれどアルナルドは容赦をしないで追い打ちをかけた。

「だからといって、シスレシアに帰りたいとも言えないだろうよ。なにしろおまえに忠誠を誓った騎士様だ。おまえを放りだして自分が楽になるなど、できるわけがない。そんなあいつを不憫だと思わないのか？」

「わかっているわよ、全部わかっていますっ、でも……っ」

寝間着の袖《そで》でそっと涙をぬぐってリンディは言った。

「ディアデがわたしのそばからいなくなってしまうなんて、そんなこと……っ、寂しくて、耐えられないのよ……っ」

「たしかにな。おまえはシスレシアから、たった一人でセフェルナルに来た。この国にいるシスレシア人は、おまえだけだしな」

「だったらわたしの心細さもわかるでしょう!? シスレシアでは当たり前だったことがここではそうではないわっ、逆に、考えもしなかったことがここでは当たり前なのっ。朝目覚めてから眠るまで、覚えること、身につけなければならないことが多すぎて、本当は泣きそうなのよ……っ」

初めてリンディが弱音を吐いた。アルナルドは黙ってそっとリンディを抱きしめた。泣きそう、とリンディは言った。帰りたい、ではなく。強い女だと思った。そしてその強さは、自分のために持っていてくれているのだ。アルナルドはたまらなくリンディが愛しくなった。ひくっとしゃくり上げるリンディの髪にキスを落とし、アルナルドは言った。

「おまえの心細さはわかる。いつも笑顔で離宮の者に接してくれてありがたいと思っている。夜中に起きて、こっそりとセフェルナル語の勉強をしていたことも知っている。そうやって寝る間も惜しんでセフェルナルになじもうとしてくれることに、本当に感謝している。だから、いつもおまえのそばについていてやれないことを、申し訳ないと思っている」

「アルナルド……」

「だが、リンディ。おまえはもう、わがままの言える箱入り王女じゃないんだ。俺の妻になった。国王夫妻とともにこの国のことを考えていく、セフェルナル皇太子妃になったんだ」

「……ええ」

「おまえが生まれた時から十八年、ずっとあの女騎士はおまえのために生きてきたんだろう？　常におまえを支えてきた。だったら、おまえもそろそろ女騎士の幸せについて考えてやれ」

「……、ディアデの、幸せ……？」

リンディは涙で濡れた目を見開いた。そんなこと、これまで考えたことはなかった。いつだって最愛の王女殿下と言われていたし、ディアデから愛されていることも知っていた。だから、なにがディアデの幸福なのかなんて、特に考えようとも思わなかったのだ。アルナルドは苦笑して言った。

「おまえがいればあいつは幸せ、なんて、子供じみたことを考えていたのか。いいか、リンディ。人間てやつは、自分の腕で抱けるのは、一人きりと決まっている。なにしろ腕は二本しかないし、一人を抱く分の長さしかないからな」

「……ええ。それで？」

「それで、だ。おまえは俺という男を手に入れた。おまえの両腕は俺でいっぱいだ。ほかには誰も、抱きしめてやることだってできない。それなのにまだあの女騎士まで持っていたいというのは、わがままどころか身勝手すぎる」

「……はっきり言うのね……」

「はっきり言うさ。おまえには最高の女ってだけじゃなく、よい主になってもらいたいからな」

「……よい、主？」

「そうだ。よい主は、臣下によい人生を与えるのも務めの一つだ。よい人生を得るために、臣下は主に従うんだ。だからおまえも、おまえに従ってくれる者に、よい人生を与えてやれ。臣下にとっての幸福を」

「……ディアデにとっての、幸福……」

呟いて、リンディはしばらく考えこんだ。アルナルドの胸に体を預けてじっくりと。そうして答えを出したのか、ゆっくりとうなずいた。

「そうね。わたしは今、あなたのことを一番に愛しているわ。お父様よりもお母様よりも、そしてたぶんお兄様よりも、あなたのことを愛しているわ。わたしのことを最愛の殿下と呼び、わたしに自分の命まで捧げると誓ってくれた騎士に、ディアデに……、アルナルドの次に愛しているなんて、二番目に愛しているなんて、言えないものね……」

「……ああ」

「ディアデがザウアー伯爵を愛しているのなら、そしてザウアー伯爵が本当にディアデを幸せに、大切に、世界で一番愛すると誓えるのなら。……ディアデを返してあげてもいいわ」

「そうか」

静かに答えたアルナルドだが、内心では、よしっ！　と拳を握っている。これでやっとうるさい犬を追い払えると思い、心の中では大笑いをしているが、もちろんそんなことは顔には出さない。うまいこと丸めこまれてくれたリンディをぎゅっと抱きしめて、そういえば、と言った。

「さっきの伝書に、兵隊長が女騎士と真剣勝負をする許しがほしいと書いてあったぞ」

「……えぇっ!?　待ってちょうだい、真剣勝負とはどういうこと!?」

さっきまで泣いていた目を丸くしてリンディがアルナルドを見つめる。アルナルドがいきさつを説明してやると、リンディは肺が空になったのではないかと思うほどの深いため息をこぼした。

「もう、ディアデったら……。ザウアー伯爵に敵うわけがないではないの、近衛兵隊長なのよ？　完膚《かんぷ》なきまでに負けるわ、可哀相に……」

「うん？　兵隊長が手加減するとは思わないのか」

「いいえ。ザウアー伯爵はあなたと違ってとても真面目で、とても紳士なのよ。真剣勝負に手加減を加えるなんて、ディアデを侮辱するようなそんな真似はしないわ」

「ふん？」

「それに、男が本当に愛している女を手に入れようとするなら、全力でいくものよ。そうでしょう？」

「たしかにな」

いたずらそうな目でそう言うリンディに、リンディを強奪してきた過去を持つアルナルドもニヤリと笑ってうなずいた。

「御前《ごぜん》試合といきたいところだが、巡啓を取りやめてグラーツェンに戻るわけにもいかないしな。くそ、面白い見世物なのに残念だ」

「まあ。真剣勝負は見世物ではないわ。それにわたし、見たくない」

「女騎士が無様に負けるからか」

「ディアデは無様な負けなどしないわ。わたしの大事なディアデなのよ？　そうではなくて、ザウアー伯爵に負けたらきっと悔しいだろうし、恥ずかしくていたたまれなくなるに違いないわ。そんなディアデは可哀相で見ていられないもの。だから、離れていてよかったわ」

そう言ったリンディは、また切なそうなため息をこぼした。

「そうしてディアデはザウアー伯爵と結婚し、ザウアー伯爵の妻になって、シスレシアへ帰ってしまうのね……。寂しいわ……毎日がつまらなくなってしまうわ……」

「リンディ……」

「わかっています。反対はしないわ。あなたを手に入れて、わたしは世界一幸せになれたのよ。大好きなディアデにも、同じほどの幸せを与えたいもの。……そうだわっ」

しょんぼりとしていたリンディは、なにを思いついたのか、キリッとした表情になった。

「大事なディアデの結婚よ、わたしは全力でディアデを支援するわっ」

「おい、支援って……」

「わたしと同格の式にしてはディアデが不敬の誹りを受けてしまうからできないけれど、せめてお姉様と同格ほどにはしなくてはっ。やることは山ほどあるのよ、寂しがってなんていられないわっ」

「……」

昼まで引き締めて、気合い十分なリンディだ。アルナルドは内心で、これはまた大変なことになるぞと思い、ため息をこぼした。


また一方のグラーツェン。

ディアデがコンラートに試合を申し入れてから三日後だ。コンラートと二人で昼食をとっていたところへ、カッジオがにやにやしながらやってきた。

「コンラート。アルナルドと妃殿下から、お待ちかねの返事が届いたよ」

「そうか、よいお返事であればいいが」

コンラートも微笑で書状を受け取る。なんだろうと思ったディアデが、呑気にシトローネのジュレを食べていると、一読したコンラートがにっこりと笑った。

「皇太子殿下と妃殿下から、おまえとの勝負のお許しが出た」

「……っ、はあ!? なぜ、どうして殿下が勝負のことをご存じなのだっ」

「ほら、読めばいい」

コンラートが書状を差しだしてくる。慌てて受け取って読んだとたん、ディアデは赤面した。内容はコンラートの言ったとおり、結婚を賭《か》けた真剣勝負を許可する、というものだった。

「で、殿下にっ、試合のことをっ、け、け、結婚のことを、知られてしまった!? まだわたしの口から申し上げてもいないのにっ!! コンラート、おまえかっ」

「ああ。離宮で真剣勝負となれば、皇太子殿下のお許しを得ないわけにいかないからな。カッジオ殿に頼んで、至急で書状を送ってもらった」

「まあ俺は」

カッジオがにやにやしながら答える。

「鳥で送ったんだけどな。返書はそれ、ちゃんと公式の許可状の体裁を取ってるから、妃殿下が仕切ってくれたんだろう。アルナルドなら鳥で返してくるところだ」

「こ、公式!?　ひ、妃殿下が!?」

聞いたディアデが今さら書状を改めて見てみると、たしかに封蠟には皇太子の印璽《いんじ》を用いてあるし、なにより差出人は連名で、セフェルナル王国皇太子、皇太子妃、という称号を記してある。完全に公式だ。リンディには自分の口で説明したかったディアデは、猛烈に腹を立てた。

「なぜわたしに黙って妃殿下にお知らせするっ！　わたしからはまだなにも申し上げていないのにっ！」

コンラートに怒りをぶつけると、コンラートが口を開くより先に、相変わらずにやにや笑いを浮かべるカッジオが答えた。

「いやいや、妃殿下はもうとっくにアルナルドから全部を聞いているよ」

「なに!?」

「なにしろ女騎士殿、あんたが婚約指輪を魔除けの指輪だと思っているってコンラートに教えたのは、アルナルドだからな」

「な、なんだと……!?」

「さすがのアルナルドも、コンラートが哀《あわ》れになったんだろう」

「……」

ディアデの眉がギリリと寄った。アルナルドから、壊滅的に鈍い女だ、と嘲笑された気がしたのだ。思わず書状を握りつぶしそうになったが、公式であることとリンディの手跡《しゅせき》であることを思いだして、慌てて丁寧に畳み直して言った。

「わたしの主は妃殿下だ。主から試合のお許しが出たのだから、正々堂々と戦おう。手加減無用だぞ、コンラート！」

「もちろんだ」

コンラートは爽やかな笑みで答えた。

「愛する女性を手に入れるためだ。手加減などしない」

「そ、そ、そそそうか…っ」

意に反して赤面してしまった。以前なら女扱いをするなと激怒しただろうが、コンラートが相手だと……、いや、コンラートに求婚をされ、コンラートの愛情を確認し、考えれば自分もコンラートと同じ気持ちだなと気づいてからは、コンラートに女性扱いをされることが意外にも嬉しいのだ。自分が男だったらコンラートの愛は得られなかった。

(離宮の近衛兵には胸が邪魔だと言われたが、胸があってよかった)

なんとも妙な納得をして、ディアデは赤面を取り繕うようにリモネン水を飲んだ。

明朝。

夜が明けたばかりで、あたりはまだ水底のように薄青い。離宮の屋上に立ったディアデは、グラーツェンの町並みを眺めて美しいなと思った。見渡す限りに植えられているリモネンやオランジュの木々が花の盛りを迎え、グラーツェン中が白くかすんで見える。甘酸っぱい爽やかな花の香りに包まれながら、屋上に建っている物見兼用の鐘楼を見上げて、物見兵に声をかけた。

「これからシスレシアの近衛兵隊長に、剣の手合わせをお願いする。物騒なことではないので、止めに入ったりはしないでほしい」

「了解です、ディアデ嬢。頑張ってください」

物見兵がにこにこ顔で、頑張れ、という身振りをする。ディアデも笑顔でうなずいた。結婚を賭けた真剣勝負だなんて恥ずかしいことは言えないから、手合わせと言ったのだが、なぜ応援してくれるのだろう、手合わせは応援するようなことではないが、と不思議に思った。

屋上の周囲には、グラーツェンの特産、リモネンの花を彫刻した膝丈ほどの飾り柵が、等間隔に立っている。離宮各階の回廊同様、安全のための柵ではないのは、大人なのだから落ちたら自業自得、という考えからだ。離宮には屋内の剣訓練場がないので、誰にも邪魔をされずに勝負できる場所といえば、屋上しかないのだった。

屋上の真ん中でコンラートと向き合い、ディアデは深呼吸をした。緊張はしていない。久しぶりに剣を合わせることができると思うと、わくわくする。コンラートを見ると、こちらはいつもと変わらない、穏やかな微笑を浮かべていた。すでに剣を構えている。ディアデの間合いに合わせる、いつ始めてもいい、ということだろう。余裕綽々《しゃくしゃく》だな、と悔しく思いながら呼吸を整えた。

「……」

「……」

ふ、と体から力が抜けた。その瞬間、ディアデはコンラートの剣先に剣先を当てた。勝負開始だ。

（くそ……っ）

カンカンと小気味よい剣戟《けんげき》が響く。矢継ぎ早に剣を繰りだすが、ことごとくコンラートに弾かれる。もちろんディアデは全力でかかっているのだが、まったく歯が立たない。一突き入れるどころか、仕掛けに行くことすらできない。完全に防戦一方だ。

（くそ、なぜ先を読まれるっ、ここまで敵わないのかっ）

ディアデは悔しくて奥歯を噛みしめたが、鐘楼から見物している物見兵が驚嘆したほど、実際にディアデは腕が立つ。その証拠にコンラートの顔からいつもの微笑が消えている。ただ、コンラートがさらにその上をいっているのだ。

（なんとか、なんとか一突きだけでも…っ）

押される一方のディアデに焦りが生じる。その気持ちの隙を突かれ、
ガン――

激しい音とともにディアデの剣は弾かれ、しびれた手から離れた剣が宙を舞った。

「……っ」

ディアデの喉元《のどもと》、ほんの数ゾーレの位置に、コンラートの剣先がぴたりと突きつけられている。負けた……、とディアデは深い息をついた。

「……清々《すがすが》しいほどに完敗した」

ディアデが微笑を浮かべてそう言うと、剣を下ろしたコンラートもいつもの笑みを返してくれた。

「腕が落ちていないな。さすがだ」

「だがまったく歯が立たなかった。いつかはおまえに勝ちたいと思っている。もっと修練しなくては」

ぐっと拳を握ったディアデが、真っ直ぐにコンラートを見つめ、約束どおり求婚は受ける、と言おうとした時だ。

「勝負あったぞ!!　コンラート兵隊長の勝ちだっ!!」

そんな叫びが聞こえたかと思うや、今までどこに潜《ひそ》んでいたのかと思うほどの兵や使用人たちが、あちこちからわーっと湧いてでてきたのだ。

「な、なんだ…!?」

ディアデは仰天した。皆笑顔で、なにやら大喜びをしているふうなのが理解できず、ディアデは押し寄せる人々から逃げるように後じさった。後じさって、後じさって、あ、とコン

ラートが小さく言った瞬間、

「うわ…っ」

またしてもディアデは空間を踏み抜いた。屋上の端の端まで後じさり、運悪く飾り柵の間をすり抜けてしまったのだ。

(この下は海ではない、地面だっ、これはまずい…っ)

落下しかかりながら瞬間でそう思った時、剣の踏みこみのように一足飛びにディアデの間近に寄ったコンラートが、がっしりと背中に腕を回し、抱きしめ、助けてくれた。

「今回は落とさずにすんだ」

屋上にディアデを下ろして爽やかに笑ったコンラートは、ディアデを抱きしめたまま言った。

「愛しているディアデ。妻になってくれるな?」

「……も、もちろんだ。騎士に二言はない」

「よかった……っ」

そう言ったコンラートが、ディアデが避ける間もなく口づけをしてきた。

(み、皆が見ている前で…っ)

驚きすぎて硬直してしまったディアデの耳に、皆の声が届いた。

「シスレシアの近衛兵隊長が勝ったっ、ディアデ嬢の結婚が決まったぞっ」

「おめでとう、おめでとうディアデ嬢っ」

「いや、勝負に負けておめでとうはないんじゃないか？」

「勝負に負けて人生に勝ったじゃないか。こんないい男を夫にできるんだぞ？」

「ああ、イル＝ラーイとは違ったいい男だよな。シュッとして、いかにも貴公子という感じだ」

「剣の腕も相当じゃないか。細剣での勝負だったら俺たちだって敵わないかもしれないぞ」

「それを言うならディアデ嬢も強かったぞ。さすが妃殿下の騎士だよなぁ」

祝福の言葉と、勝負への感想が入り交じり、喧噪《けんそう》となってディアデの耳に入る。コンラートからの熱烈な口づけを受けながら、どうしてこんなにもたくさんの人々が自分たちのことを知っているのだ!?　とディアデは史上最高の羞恥に呑みこまれた。唇が離れた瞬間、全身を真っ赤に染めたディアデが、コンラートの襟首をガッと摑んだ。殴るのではないかと皆が浮き足だったほどの迫力で、ディアデは怒鳴りつけた。

「コンラート!!　貴様っ、皆のいる前での接吻《せっぷん》など羞恥の極みだ!!　顔を向けられないではないか、どうしてくれるっ!!」

「うん？　どうしてほしい？」

「とにかくここからわたしを逃がせっ!!」

「わかった。愛する妻を守るのは夫の務めだからな」

コンラートはさらりと甘い言葉を言ってさらにディアデを羞恥させると、なんとも軽々とディアデを抱き上げた。結婚式の日に新郎が新婦を抱き上げる、あの抱き方だ。たちまち四方八方から二人を囃《はや》す指笛が鳴らされて、ディアデは全身の水分が蒸発すると思われるほど体中を真っ赤にした。

（し、羞恥で死ねる……っ‼）

いやむしろ、今この場で死んだほうがましだ‼　そう思ったディアデはどうにもいたたまれなくなり、コンラートの胸元に顔を埋《うず》めて隠したまま、屋上から部屋へと運ばれた。

半月の休暇も残すところあと五日となった。

その日もコンラートと二人で部屋で朝食をとっていたディアデは、ふう、と小さなため息をこぼして言った。

「二人きりで食事というのはつまらないものだな。食堂で皆の話を聞きながら、楽しく食べていた昔が懐かしい。なぜ婚約をした者は食堂を使ってはいけないんだ？」

「うん？　わたしが来るまでだって、ディアデは一人きりで食べていたのだろう？」

「ああ。あの頃は皆がわたしに気を遣うから、自分で部屋食にしていたんだ。食堂は自由に使えた。ところがおまえと婚約したとたん、これだ。食堂に入るなとはどういうことだ」

「入るなとは言われていないだろう。だめだめ、二人でゆっくり食べなよ、と、そう言っていたんだ」

「だから、なぜだ」

「皆、わたしたちに気を遣ってくれているんだろう」

納得できないという顔をするディアデに、コンラートは小さく笑ってそう言った。ディアデは今度は怪訝《けげん》そうな表情になって尋ねた。

「もうすぐわたしは、騎士の振る舞いをする妃殿下のお話し相手、という、扱いの面倒な者ではなくなるぞ。なんの気を遣うんだ」

「そうだな。世間のほとんどの婚約者同士は、いつでもどこでも二人きりで、睦《むつ》まじく過ごしたいと思うものだからだろう」

「世間？　世間ではそうなのか？　しかしわたしは、婚約をしただけで、まだ結婚もしていない男女が睦まじく過ごすなど、そんなふしだらなことはしないぞっ」

「そうだな。わたしもディアデの考えに賛成だ。貞淑な淑女なら当然のことだ」

「う……」

ディアデは頬を染めた。貞淑な淑女が自分を指していることくらい、鈍いディアデにもわかる。婚約を受けて以来、コンラートは、態度こそこれまでと変わりはないが、ディアデのことを淑女と言ったり、誰かに対してはこちらのご婦人と言ったりなど、言葉でディアデを令嬢扱いしてくるのだ。いちいち羞恥を味わうが、自分が伯爵令嬢という事実は曲げられないので、やめろとも言えない。けれどまだまだ令嬢扱いに馴れなくて恥ずかしくてたまらない。

「寝室はべつなのだ。皆の気遣いとやらは無用なのになっ」

ディアデは照れ隠しで、ぶっきらぼうな口調で答えた。そこへ、

「おはよう。イチャイチャしているところ悪いが、ちょっといいか？」

おざなりなノックをしてカッジオが部屋に入ってきた。イチャイチャなどしていない、と内心で苛立ったディアデに、カッジオは簡単に言った。

「アルナルドたちは、今日の午後には離宮に戻るそうだ。今連絡があった。よかったな、お嬢さん」

「今日の午後⁉　予定よりずいぶんと早いお戻りだが、なにかあったのか⁉　妃殿下の体調がすぐれないとか……」

驚いたディアデが尋ねると、カッジオは不思議そうな表情で答えた。

「いや、妃殿下はお元気だよ？　そうじゃなくてさ、お嬢さんは明日、シスレシアに帰るんだろう？」

「は⁉　いや、わたしはまだ戻らないぞ？」

「へ？　コンラートが帰るのに、なんでお嬢さんは帰らないんだ？」

「は？　え？」

カッジオはますます不思議そうな顔をしたが、ディアデもさらに混乱した。シスレシアまでは通常、馬で四日かかるから、コンラートが明日発つというのはわかる。だが、そのコンラートと一緒に、なぜ自分まで帰らなければならないのかがわからない。コンラートを見ると、コンラートも困惑顔でディアデを見る。コンラートも事情を知らないとなると……と考えたディアデは、はっとしてカッジオに尋ねた。

「もしや、わたしにシスレシアへ戻れという、妃殿下のご命令か!?」

「ご命令っていうか、騎士号の返上儀式をするからってことらしいけど」

「……それは本当か……?」

「本当だ。そのためにジャンニをシスレシアへやって、国王から委任状を取ってこさせてたぞ」

「まさか、そんな……」

たちまちディアデは青ざめ、激しく動揺しながらカッジオに尋ねた。

「妃殿下はお怒りなのか？　わたしが妃殿下にご説明申し上げる前に、婚約してしまったから、それで騎士を返上しろと……？」

「なんでそう思うんだ。さっき言ったろう、コンラートが帰る、だからお嬢さんも帰らないといけない、帰るためには騎士号を返さなくちゃならないんだろう？　それがシスレシアの儀礼じゃないのか」

カッジオはいらいらした表情で答えた。ディアデのように斜め上の考え方をする人間と会話をしたことがないから、話が通じなくていちいち苛立つのだ。ディアデのほうもムッとした顔で言った。

「わたしはまだ、…っ」

騎士号を返すつもりはない、と続けようとして、ぐっと言葉を呑みこんだ。リンディが騎士号を返せと言うなら、ディアデに拒否する権利はないのだ。なにを、どれほどお怒りなんだろう、と考えて顔を青くするディアデに、コンラートは静かなほほ笑みで言った。

「妃殿下はなにもお怒りではないよ」

「……そ、れなら、なぜ、騎士号を返せなど……」

「騎士では結婚ができないからだろう？」

「……それだけ、だろうか……」

「ディアデ。妃殿下は、ディアデが騎士だから、おそばに置いていたのではないと思う。ディアデが好きだから、おそばに置いていたのではないかな」

「……つまり、騎士でなくともいいと……？」

「そういうことだ。おまえを騎士にしてしまえば、どこへだって連れていけるとお考えになったから、騎士にしたままでだろう。王女の侍衛騎士なら、二十四時間、王女についている義務が生じる。たとえば急にセフェルナルへ行くことになってもついていけるように。小間使いや話し相手ではこうはいかないから」

「そう……、そうだったのか……、妃殿下は、わたしの剣の腕ではなく、わたし自身のことを……」

大好きよディアデ、というリンディの声が、ふいに耳によみがえった。鼻の奥がツンと痛んだ。ずっと騎士として信用されているのだと思っていた。いつでも、なにからでも、リンディを守ると。その志と、鍛練を積んだ剣の腕を信頼されているのだと思っていた。まさかこんな自分、宮廷にいた姫君がたのようななよやかさなど、微塵も持っていない自分自身を好いていてくれたなど、思ってもみなかった。

ディアデは嬉し涙をぐっとこらえ、低い声で言った。

「わたしは、殿下をお守りできる腕っ節しか、取り柄がないと思っていた。でも、なにかほかにも、妃殿下に好いてもらえるような、よい点があるのだな……」

「妃殿下もわたしも言っているではないか。綺麗なディアデ、と」

コンラートが優しく言った。

「綺麗で強くて、そして優しい。愚直で、正義感にあふれて、責任感も強い。素敵な女性だよ、ディアデは」

「……そ、そうか……っ」

「だから妃殿下もわたしも、おまえの望みはできる限り叶えたいと思ってやってきただろう？」

「……それ、は、つまり……」

ディアデははっとしてコンラートに尋ねた。

「もしわたしが妃殿下につき従ってセフェルナルに来なかったら、おまえは求婚もしなかった、ということか……？」

「そうだな。ディアデがシスレシアにいてくれたら、それで満足だったからな。いつかおまえが、わたしを、友人から夫へ昇格させてやってもいいと思うまで、わたしは黙っておまえのそばにいたと思う。おまえがいるだけで、わたしは幸福だったから」

「ちょっと待て、それではおまえ、わたしと結婚できなければ、生涯独身でいたと宣言したようなものだぞっ」

「ああ。そうだな」

こんなに重大なことを、コンラートはいたって爽やかに肯定した。ディアデは茫然とした。

ただその人のそばにいたい――、そういう気持ちは、いつかその人にとっての一番になりたい、という気持ちに変化する。リンディの結婚という一大事で、そのことをディアデはいやになるほど知った。

(それなのにコンラートは、セフェルナルに渡ったわたしに、一言も、シスレシアへ帰れとは言わなかった)

婚約指輪をよこした時でさえ、言わなかった。ディアデがリンディのそばにいたいのなら、そうさせてやろうと……、どれほどディアデを近くに置きたいと思っても、どれほどディアデを独占したいと思っても、自分の気持ちよりディアデの気持ちを優先してくれたのだ。ディアデがリンディを一番大事に思うのなら、それでいい、と。

(コンラートめ、阿呆なほど優しい……)

そして阿呆なほど、コンラートに愛されていると実感した。嬉しさと、ずっとディアデの気持ちばかり優先してくれたコンラートに申し訳なくて、ディアデはぶっきらぼうに言った。

「そ、そんな悠長なことを言っていては、いつまでも結婚できなかったかもしれないんだぞっ」

「ああ、それはそれでいいと思っていた」

「はあ!?　本当に馬鹿だな、コンラート!!」

コンラートは本当にさらりと甘いことを言う。ますます恥ずかしくなり、混乱したディアデは、心に浮かんだ心配事を、思いきりはっきりと、薄皮の一枚にも包まずに言ってしまった。

「それではザウアー家が途絶えてしまうではないかっ。鈍感なわたしも悪いとは思うが、その鈍感に付き合うおまえも呑気が過ぎるっ!!」

「うん?」

「シスレシアへ戻ったら、一刻も早く跡継ぎをもうけるぞっ！　最終目標は男児っ、そのための戦略は夜ごとの子作りだっ、わかったかコンラート!!」

「……」

叩き上げで鬼と呼ばれている第一歩兵連隊の准将のように、子作り励行の命令を下すディアデには、さすがのコンラートも赤面を禁じ得ない。言葉もなく顔を真っ赤にすると、そばで聞いていたカッジオが大笑いをした。

「そりゃもう、子作りは大事だからなっ！　いいことを教えてやろう、セフェルナルでは、男がちゃんと女を悦《よろこ》ばせてやれば男を孕むって言い伝えがある。兵隊長殿、港町の娼館《しょうかん》へ行って、女の悦ばせかたを教えてもらったらどうだ」

カッジオはにやにやしながらコンラートに言った。下品だが、男ならよく言う冗談だ。コンラートは苦笑して首を振ったが、ふと見たディアデが、仮面のような無表情で自分を睨みつけていることを見て取るや、大慌てで言った。

「行かない、もちろん娼館など行かないよ。わたしはディアデ以外の女性を愛したいと思ったことはないし、これまでも愛したことはない」

「……」

「本当だ、ディアデ、わたしにとって女性はおまえ一人だけだ、ディアデ」

「……」

真面目に、真剣に、誠意をこめてコンラートから言われて、真っ白だったディアデの頬にじわりと赤みが戻ってきた。あの野蛮なアルナルドがさんざん女を食いまくり、最終的にリンディに落ち着いたこととは対照的に、コンラートは自分だけを一途《いちず》に思ってくれているのだ。そう思ったら嬉しくて、ディアデの顔に無意識に満足そうな微笑が浮かんだ。力強く卓を立つと、きっぱりとコンラートに言った。

「おまえが娼館に行きたいなら行けばいい。止めないぞ、わたしは気にもしないからな」

「そうなのか」

「そうだ。わたしは妃殿下をお迎えする準備があるからこれで失礼する」

ディアデはキリッとそう言って、まだ朝食が残っているというのに、部屋を出ていった。扉が閉まるや、またしてもカッジオが大笑いをした。

「あんたの婚約者はあれだな、気位の高い猫みたいだな…っ。可愛がられないと拗ねるくせに、自分から可愛がってくれとは言えなくて…っ」

「誰かに愛され、甘やかされるという経験がないからだろう。どうしていいのかわからないだけだと思う」

「そ、そうか…っ。いや、なんていうか。本当は可愛い女だったんだな」

「ああ。ディアデが可愛いことは初めて会った時から知っていたが、あんなに可愛いとは思わなかった」

そう答えてコンラートは微苦笑をした。照れ隠しで暴走をしないように、これからはたくさん可愛がらなくては、と思った。

「ところでコンラート。さっき言ったことは本当じゃないよな？」

ふとカッジオが真剣な表情で尋ねてきた。うん？　と思ったコンラートは少し首を傾げて尋ね返した。

「先ほど言ったこととは？」

「つまり、女を知らないってことだよ。あんた本当に、これまで女を抱いたことがないのか？　だったら悪いことは言わない。娼館へ行っていろいろ教わってこい。俺が話を通して、上等な女を回してもらうから」

「いや、気遣いは無用だ」

「てことは女を知ってるんだな？　だよなぁ、近衛兵隊長はどこの国でも女にもてるからな。しかもあんたはこんな優男だし、未来の侯爵だもんな、女が放っておかないよな」

「それについては、答えは控える」

コンラートはニヤリと笑った。ディアデには決して見せない、悪い男の笑みだった。

一年後——。

シスレシア王国の景勝地、ヒンメルゼーレ。高い山々に囲まれ、いくつもの湖や沼が点在する湖沼地帯だ。鏡のような湖面には雪をいただく山々が映り、たくさんの野鳥たちも憩《いこ》いの場にしている。もう少し気温が上がれば、草も木も一斉に花を咲かせ、それこそ絵のように美しくなる街だ。そのヒンメルゼーレの中心部、一番大きな湖に面した一等地に建っているのがザウアー家の避暑用の別邸だ。夜もかなり更けた頃、やっと別邸に到着したディアデは、居間に入るなりドオッと床にくずおれた。

「疲れた……尋常ではなく疲れた……」

弱音を吐かないディアデらしくもない。続けてディアデはコンラートに頼んだ。

「すまないが、ドレスを脱がせてくれないか……」

「ああ、すぐに楽にしてやる」

面白いのと可哀相なのが半々で、コンラートは笑いを嚙み殺しながら、ここまでディアデを弱らせたドレスを脱がせてやった。拷問のように体を締めつけているコルセットまで外し、下着姿にしてやると、ディアデはばったりと床に伏せてしまった。

「助かった、息ができる……。あと半日これを着ていたら、苦しくて気絶しているところだ……」

「お疲れ様。よく頑張った」

コンラートはクスクスと笑いながら床にしゃがみ、それはもう麗しく結い上げられた髪から、飾りを取り外してやった。

「結婚式も、晩餐会も、披露目の舞踏会も無事にこなし、こうして新婚旅行に来られた。今からはこれまでどおり、楽にして過ごせばいい。本当によく頑張った、ディアデ」

「当然だ……妃殿下の顔をつぶすわけにはいかないからな……」

ぐったりと床に倒れ伏したまま、ディアデは答えた。

一年前、まだセフェルナルにいた頃。

ディアデをコンラートとともにシスレシアへ戻すため、行啓から急いで戻ってくれたリンディにより、騎士号の返上儀式が行われた。その時にリンディは、それはそれは泣いて、ひざまずくディアデをぎゅっと抱きしめて言ったのだ。

「真面目だし、紳士だし、いずれは侯爵になって、女性としてあなたが困ることはなにもないザウアー伯爵だから、ディアデをあげるのよ？　本当だったら、わたしだけのディアデなのよ？」

「妃殿下……」

花のような美少女がぽろぽろと涙をこぼしてそう言うのだ。面白い見世物だと思ってにやにやするアルナルド以外、皆、胸を痛めたし困った。ディアデも自分のせいでリンディを泣かせてしまって、本当に心底胸を痛め、こちらも涙ぐみながら答えた。

「妃殿下。ディアデはどこにいようとも、いつも妃殿下のことを思っておりますから」

「本当に？　本当に？」

「本当です。もしも妃殿下になにかがあれば、ディアデはどこにいても妃殿下のもとへ駆けつけます」

「本当よ、ディアデ？」

「本当です。妃殿下の瞳に誓います」

「……ありがとう。嬉しいわ、ディアデ」

リンディはやっと弱々しい笑みを見せると、ハンカチで涙をぬぐって言った。

「わたしも悲しんでばかりはいられないわね。大好きなディアデのためだもの、誰にも文句を言われないくらい素晴らしい花嫁にしなくては」

「……は？」

「もちろん結婚式も素晴らしいものにするわ。ウンターヴィーツで式を挙げるのでしょう？お兄様もお母様もいらっしゃるし、少しくらいなら便宜を図ってもらえるわ。わたしの騎士が結婚をするのだもの、主であるわたしがしっかりと世話をするわ。心配しなくていいわよ、ディアデ」

「あ、あの、妃殿下……っ」

これはまずい、とディアデは直感した。リンディはシスレシアの第二王女だったし、今はセフェルナルの皇太子妃だ。仕切りたいと言われたら、ディアデの生家の伯爵家も、コンラートの侯爵家も、いやだとは言えない。けれどリンディに任せてしまったら最後、すさまじく華美で、派手で、豪華絢爛《ごうかけんらん》な式と衣装になることはわかりきっていた。

（し、しかし、わたしのためにいろいろとなさりたいという、妃殿下のお気持ちを辞退するわけにはいかない……っ）

なにしろリンディはディアデにとって、最愛の女性なのだ。できる限り愛する女性の思いを叶えたいと思い、答えてしまった。

「は、はい、妃殿下。妃殿下の思いのままに」

「ありがとう、ディアデ。後悔のないように、精一杯やるわ」

「あ、あ、ありがたきお言葉……っ」

ディアデは脂汗《あぶらあせ》を浮かべたままリンディに抱きしめられ、コンラートはここではないどこかを見るようなぼんやりとした表情で突っ立ち、アルナルドにいたっては笑いを我慢しすぎて腹筋を痛め、その場にうずくまってしまうという一幕があったのだ。

その結果、本日の結婚式はリンディの姉が公爵家に嫁いだ時に使われた教会、つまり王族専用の教会を除けば最も格式の高い教会で行われた。ディアデ自身も、伸ばしなさいとリンディに厳命された髪を結い上げられ、生まれて初めて化粧を施され、さらには王都中の姫君や貴婦人がため息をこぼすほど美しい花嫁衣装……当然リンディの案を元に作られた……を着せられた。さらにそのあとの晩餐会でも、食事のあとの舞踏会でも、リンディ考案のうっとりするほど美しいドレスを着せられたのだ。もちろん舞踏会でのファーストステップはディアデたちが踏まなければならないので、踊らないという選択肢はない。というわけで、これまたリンディから、厳しいダンス訓練の命令が下っていた。

一年をかけて、結婚式のためだけに、あらゆる花嫁の訓練を積んできたディアデは、それらすべてを完璧にやりとげ、もう精も根も尽き果てているのだった。

「ディアデ、床で眠ってはいけない。寝台へ行こう」

「いい、ここで寝る……わたしはもう一歩も歩けない……」

「ではわたしが運ぼう」

可哀相に、と思いながらコンラートは泥人形のようなディアデを抱き上げた。花嫁の訓練をそばで見てきたからわかるが、一挙手一投足を事細かに確認され、だめを出され、修正され、やり直し、軍人の動作を女性の動作へ矯正《きょうせい》され、女性らしい仕種《しぐさ》、笑いかたまで叩きこまれたのだ。ディアデにとっては軍での訓練よりよほどつらかったろうと思う。寝室に抱き運ばれ、丁寧に寝台に寝かせてもらったディアデは、目をつむったまま、はああ、と深いため息をこぼして言った。

「せっかく妃殿下から下賜《かし》された花嫁衣装にドレスだが、もう二度と着ない。手入れをして宝物室に入れてしまいたいのだが、だめだろうか」

「いや、いいんじゃないかな。シスレシア第二王女でありセフェルナル皇太子妃でもある妃殿下が、直々に仕立ててくださったドレスだ。ザウアー家の宝にして封印してしまおう」

「そうしてくれるとありがたい……」

はあ、ともう一度ため息をこぼすと、コンラートが労るように髪を撫《な》でてくれた。こんなふうに甘やかしてもらうのは初めてだから、なにごとだ、と思ってディアデは目を開けた。そしてびくっとした。コンラートが、のしかかるというか、顔を覗きこむような体勢で自分を見下ろしているのだ。髪を撫でる手は優しいが、自分を見つめる目が熱っぽい。ディアデはピンときた。アルナルドがリンディをちょくちょくこんな目で見つめていた。

(わたしがほしいのだな、コンラート)

けれどコンラートは、髪を撫でるだけで一向にそれより先へ進もうとはしない。いつもそうだったな、とディアデは思った。いつも、自分のしたいことよりもディアデの気持ちを優先してくれる。この男はきっと、わたしにふれるなと言ったら、一生ふれてはこないのだろうなと思ったディアデは、なんて可愛い男だろうとほほ笑んだ。

「コンラート。わたしを抱きたいか」

コンラートに負けず劣らず、直球でものを尋ねるディアデだ。コンラートはますます目に熱をともし、囁き声で言った。

「おまえがいやではないなら。抱きたい」

「わかった。なにぶんわたしには経験がない。いやかどうかは、いっぺん試してみてから決める」

「そ…そうか」

ディアデは非常に真面目に言ったのだが、それがかえってコンラートに重圧を与えた。いっぺん試してみていやになる……つまり、つらいだけだったらもうやらない、ということだからだ。ディアデには決して言えないことだが、これまで真面目に遊んできた経験が役立つことを、切に願った。

ディアデはこんな状況だというのに、きっぱりとした眼差しでコンラートを見つめる。コンラートは内心で苦笑して、目を閉じてもらうことも兼ねて、口づけた。さすがのディアデも素直に目を閉じる。このまま素直にしていてくれと思いながら、コンラートは軽く閉じられた唇の間に舌を忍びこませた。結婚するまではふしだらなことはしない、というディアデの意向を汲みに汲んで、これまではキスといっても唇をふれ合わせる程度のものしかしたことはない。男と女のキスをいやがられたらこの先はきつい、と思っていたが、ディアデは身じろぎもせずにされるがままだ。ゆっくりと舌を絡め、たいていの人間なら感じる口蓋《こうがい》を、ちろり、と舐めたとたんだ。ディアデの肩がぴくりと揺れた。もしかして、と思ったコンラートが、しつこいくらい丁寧に舌先で口蓋をたどってやると、くにゃっと姿勢を崩したディアデがコンラートのシャツを握りしめてきた。敏感な体なのだな、とコンラートは内心でほほ笑んだ。まるで、ふれたとたん桃色から紫色へと色を変える、南のほうの花のようだと思った。

優しく舌を吸いながら、下着の上からそっと手のひらで胸を包んだ。ずいぶんと豊かな胸だった。服の下にこんな体を隠していたのか、それを今、自分がふれているのかと思うと、コンラートは幸福でめまいがしそうになった。優しく胸をこねながら、時折手のひらでくるくるとこすると、すぐに下着がツンと持ち上がった。両の乳房をそうしておいてから、下着の中へ手を忍ばせた。指先がふくらみにふれて、コンラートの頭にカッと血が上った時、口づけをふりほどいたディアデが、ムッと眉を寄せた。え、と小さく動揺したコンラートが尋ねる。

「どうした……？」

「……いや。どうも上を取られるといやな気分になって。すまない、続けてくれ」

「ディアデ」

なにを言っているのかすぐに理解した。コンラートはククッと低く笑った。

「これは制圧ではなくて愛の行為だ。取り押さえているのではない、ディアデ、わたしが上になっているのは、おまえに尽くしたいからだ」

「尽くす？」

「そうだ。おまえをわたしの愛でいっぱいにしたい。わたしはおまえの僕《しもべ》だ。だからおまえは、女王のようにわたしに奉仕させておけばいいんだ」

「……なるほど」

理解したディアデの眉間がふわりとほどけた。

「行為に水を差して悪かった。一対一だとつい位置関係が気になってしまう。けれどおまえは敵ではなく、わたしの夫だものな」

「そう、そしておまえはわたしの妻だ。だからこれからはわがままを言ってほしいし、甘えてくれると嬉しい。もちろん、営みの時もいやなことがあれば言ってほしい。おまえのいいようにする」

「……わかった。続けてくれ」

ふっとディアデがほほ笑んだ。コンラートはほっとして、耳や頬に口づけながらディアデの下着の前を開いた。見たい欲望に駆られて体を起こす。そうして無意識に喉を上下させた。形よく盛り上がった豊かな胸。腰へかけてキュウとくびれた曲線がたまらない。

「……綺麗だ。とても、綺麗だ」

思わず口を突いて出てしまった。聞いたディアデは満更《まんざら》でもなさそうに笑んだ。

「おまえに褒められるといい気分だ。劣等感があったからな」

「こんなに美しい体なのに？」

「わたしはずっと妃殿下のおそばにいたのだ。完璧なものを見続けていると、たとえ自分がふつうであっても、劣等感を抱くものだ」

「……おまえが早く妃殿下の呪縛《じゅばく》から逃れられるように、これからはわたしが、どれほどおまえが美しく、素晴らしい女性なのか、言い続ける」

コンラートの言葉を聞いて、なるほど妃殿下の呪縛か、とディアデも苦笑した。

「おまえも脱げ、コンラート。もったいをつけるな」

「もったいをつけているわけじゃない。おまえにふれることに夢中で、自分のことを忘れていた」

まったくの着衣のままだったことに気づいたコンラートが、照れくさそうに笑って衣服を脱いでいく。あらわになった体は、軍人らしく鍛え抜かれた体だった。今度はディアデが目を細め、半端に着ていた下着を自分で脱ぎながら言った。

「おまえこそ綺麗な体だ。やはり男はしっかりと筋肉がついていないといけない」

「このようなわたしですが、お好きに召し上がってください奥様。わたしはもう奥様のものです」

「ああ、好きにする」

こくっとうなずいたディアデがいきなりコンラートのそれを握り、乱暴にしごき始めた。いてて、と小さく言ったコンラートが慌ててディアデの手を止めた。

「嬉しいがディアデ、もう少し優しく頼むっ、なんというかそこは、繊細にできているんだっ」

「ああ……、悪かった。こすれば勃《た》つのだと思っていた」

「理屈はそうだが、どうしてそんなに急ぐ？」

「好きにしていいと言ったのはおまえだ。早くわたしの中に入れようと思って。……ん？」

ディアデが言ったとたん、握っているものが嵩《かさ》を増した。不思議に思ってそれを見つめると、コンラートが熱い息をこぼして言った。

「あまりわたしを扇情するな。おまえの中に入る前に暴発するぞ」

「ああ。想像した結果か。可愛いな、コンラート。いいぞ、早く勃ててわたしの中へ入れ」

「入りたいのは山々だが、まだおまえの準備が整っていないだろう。整うまで、わたしに奉仕させておけ」

「なにを言う。わたしはいつでも大丈夫だ」

「そうじゃない」

コンラートは苦笑しながらディアデの秘密の場所に指を伸ばした。

「ここ、濡れていない。濡れていないのにわたしを入れるなど、手入れをしていない銃口に弾を詰めるようなものだ」

「……」

ディアデが盛大に顔をしかめたので、理解してくれたと思ったコンラートは、任せておいてくれと囁いて、ディアデの体に体を重ねた。気持ちいい、と言ったディアデがコンラートの背中に腕を回す。可愛いな、とコンラートは思い、柔らかな口づけを繰り返しながら胸を手のひらで包んだ。弾力のある胸はそれだけでコンラートを挑発する。愛おしむように乳房を揉《も》み、口づけをそこへ下ろした。ツンと立ち上がっている先端を口に含み、柔らかく吸いながら舌で転がす。ますます硬くしこったところで甘く歯を立てたら、ディアデが、ん、と喉で泣いた。気をよくしたコンラートは、軽く歯で噛んでクッと引っ張ったり、そのまま舌先でチロチロとなぶったりする。そのたびにディアデの腰が小さく跳ねた。

もう片方も同様にしてたっぷりと可愛がると、ディアデの体がしっとりと汗ばんだ。手のひらで撫でると吸いつくようだ。体中に愛を刻むように跡を残しながら口づけを下ろしていく。なめらかな腹や脇腹を舐めたり噛んだりしながら、泥棒のようにそろりと秘密の場所に指先を伸ばした。柔らかな下草をもてあそぶように指でかき回しながら、目的の、小さな実にふれる。そっとつまんだとたん、ディアデの体がびくりと大きく跳ねた。一気に呼吸が荒くなったが声は立てない。ディアデの甘い声が聞きたい、と思ったコンラートは、実をつまんだ指先をこねるように動かした。たちまち実は硬くしこり、ディアデの体も妖《あや》しくくねる。

が、声はあげない。強情者め、とコンラートは喉で笑うと、すでに実のあたりにまであふれている蜜《みつ》を絡め、クリクリと転がすようにしてやった。ディアデの背が面白いように跳ねる。ふ、と顔を上げてディアデを見ると、眉を寄せ、感じきった表情で頭を振っている。唇を引き結んでいるが、抑えきれない声が喉からこぼれた。

「んっんっんっ…」

コンラートの気を引こうと派手な声をあげてみせるご令嬢たちよりも、よほど感じていることが伝わってくるし、コンラートを燃えさせる。コンラートはすっかりと膨れた実を蜜でしとどに濡らし、ふれるかふれないかという優しい力加減で、ヌルヌルとこすり続けた。月明かりでもディアデの全身が上気していることがわかる。根気よくそれを続けているうちに、ディアデの背がピクン、ピクンとなにかに吊《つ》られているように持ち上がり始める。そろそろかな、とコンラートが熱い目でディアデの顔を見つめると、ディアデの背が大きく弓反りになった。

「んっんっ、んーっ、んーっ」

弓反りになったままの体を痙攣させた。呼吸を詰めたまま達したディアデの顔を見て、ああ本当に可愛い、綺麗だ、とコンラートは思い、そっと責めていた指先を離した。

「んんっ、…はぁっ」

ディアデの口から荒い呼吸が洩《も》れる。ぐったりとして、生まれて初めて味わった絶頂に茫然自失という様子だ。どうしよう、本当に可愛い、と胸をきゅんとさせたコンラートは、体を起こしてディアデの足の間に割りこんだ。ディアデがまだぼんやりしていることをいいことに、右足を抱えて大きく足を開かせる。そうしてそろりと、熱い蜜を湛《たた》えた泉を指で探った。そこはもうたっぷりとあふれて、周りまでぐしょぐしょに濡らしている。コンラートは慎重に泉の奥へ指を潜《くぐ》らせた。ディアデはまだぼんやりとしている。クチュ、とかき回してみると、余裕がありそうだった。コンラートが思った以上に、深い極みをディアデは迎えたようだ。コンラートは指を二本に増やした。とたんにキュッと締めつけられる。

「コンラート…?」

「痛いか?」

「いや……」

「それならいい」

優しく差し入れた指で魅力的なでこぼこのある中をこする。そうしながら顔を伏せ、敏感な実をチュルッと吸った。

「あっ、あっコンラート…っ、あ、あっ」

さすがにディアデも声をあげる。聞きたいと思ったとおりの甘い声だった。指で中をこすりながら舌先で実をくすぐる。

「コンラート、待ってくれ、少、し、待って…っ」

しかしコンラートは聞かない。絶頂を迎えたばかりの過敏な体だとわかっていて、攻める。二ヶ所同時に。ディアデは甘い悲鳴をあげ、無意識だろうが寝台をずり上がって逃げようとする。けれどコンラートに右足を抱えられていて逃げられない。コンラートの指はキュンキュンと締めつけられて、それだけでコンラートは達してしまいそうなほど興奮した。

「コンラート、コンラート…っ、いやだ、やめ…っ」

ディアデの中がギュウウと締まり、体のあちこちがぴくりぴくりと跳ねる。硬くしこった実を犬のように舐めていると、いくらもしないうちにディアデは二度目の絶頂を迎えた。

「ああっ、あーっ、んんーっ、……っ」

汗で湿ったディアデの腿《もも》がコンラートの頭を締めつける。痛いほどコンラートの指を締めつける泉から、さらに蜜があふれでて、ふわりと甘い香りが立ち上った。これがディアデの蜜の香りか、と思ったコンラートは、たまらなくディアデの中に入りたくなった。けれどディアデはこの世でただ一人の愛しい女だ。丁寧に丁寧に、ことさら丁寧に抱きたい。逸《はや》る気持ちを抑えてコンラートは顔を上げ、中のかすかな痙攣が静まるのを待って指を抜いた。ディアデはすでに息も絶え絶えといった様子だ。これだけ溶かしておけば大丈夫だ、とコンラートはほほ笑み、ディアデの耳に口を寄せて囁いた。

「ディアデ……、おまえの中に、入ってもいいか」

「さっ、きから、いいと、言ってる……」

「ああ、そうだったな」

チュ、と耳にキスをしてコンラートは体を起こし、ディアデの足をさらに大きく開く。今にも果ててしまいそうなほどガチガチに昂《たか》ぶった自身に手を添え、しっかりと開き、とろとろにとろけたディアデの花に押し当てた。慎重に腰を進め、クチュ、と先端がわずかに入った時だ。ディアデがコンラートの腰にガッと足を巻きつけ、そのままコンラートを寝台に横倒しにしたのだ。

「……っ、えっ!?」

コンラートはなにが起きたのかわからない。はっと気づいた時には、ディアデがコンラートの腹にのしっとまたがっていた。

「ディアデ……?」

「悪いな。どうしても上を取られたくない」

「ディアデ、これは制圧ではなく、…」

「わかっている。ただどうしても上を取られると屈辱を感じてしまうのだ」

ディアデは真面目な表情でそう言って、腰を持ち上げた。まさか、と気づいたコンラートは、うろたえて言った。

「ディアデ、最初は自分で入れるのは無理だ…っ」

「案ずるなコンラート。入ればいいのだろう、わたしにもできる」

「無理だ、ディアデ、本当に…っ」

コンラートは体を起こそうとしたが、ドッと胸を手で押さえつけられてどうしようもなくなる。ディアデはおとなしくしていろとコンラートを叱ると、片手でコンラートを握り、蜜を垂れ流すそこへ押しつけた。う、とうめいたコンラートに、ディアデはふっと笑って言った。

「果てるなよ。しっかりと中で出してもらわねば、子ができん」

「ディアデ、これは、拷問のようだ…っ」

「熱いな、コンラート。ドクドクいってる。……ああ、入る……」

「ディアデ…っ」

コンラートの我慢など知ったことかとばかりに、ディアデは自分がよいと思う調子で、じっくりゆっくりコンラートを呑みこんでいく。こんな太いものが入るということが驚きだったが、自分の中でコンラートの脈動を感じると愛しさが湧き起こるし、自分の下で切なそうに眉を寄せて快感に耐えるコンラートを見ると、楽しくてゾクゾクした。

「ずいぶんとよさそうだな、コンラート……」

「……ディアデ頼む、わたしが限界だ…」

「いい気分だ。わたしが許すまで我慢しろ」

我慢とかそういうことじゃない、とコンラートがうめく。ディアデはにんまりと笑い、さ

らに腰を落とした。が、なにかに突き当たって入らない。うん？　とディアデは考えて、あ
あ、と笑った。
「処女《おとめ》の証《あかし》だ。わかるか、コンラート」
「ああわかる、当たっている、頼むディアデ、もう、…」
「聞けないな」
「ディアデっ、大体、処女の証を破るのは夫の役目だ…っ」
「おまえのこれで破るのだ。わたしが上になっているだけのこと。いいかコンラート、わた
しの純潔を破るまで、果てるなよ」
ディアデ、とうめくコンラートに笑みを見せ、じりじりと腰を落とした。処女の証に行き
当たり、さらに力をこめると鋭い痛みが走る。痛、と小さく呟いてしまった瞬間だ。腰を掴
んだコンラートが、ディアデを引き下ろし、同時に自分の腰を突き上げたのだ。
「……っ」
ほんの一瞬だったが、脳天まで突き抜けるような鋭い痛みが体の奥で起こった。たまらず
にコンラートの胸に両手を突くと、コンラートがそっと頬を撫でた。
「……もう、痛くないはずだ」
「ああ……。要するに、処女ではなくなったということだな……」
「まあ……、そうだな」

コンラートは苦笑をしながらも優しく髪を撫でてくれる。労られることが嬉しい。しばらく甘やかしてもらったディアデが、痛みも落ち着いてきて、強ばっていた体から力を抜く。

コンラートがふと口端に笑みを浮かべてディアデの胸に手を伸ばした。柔らかく乳房を揉み、時折胸の先の果実をきゅっとつまむ。コンラートに貫かれ、身動きのできないディアデが当惑した。

「コ、コンラート、あっ、こ、困るっ、あ…っ」

感じたディアデが受け入れたばかりのコンラートを締めつける。だが腰を動かすのは怖くてできない。それを見透かしているコンラートは、胸の先を指先でしつこくつまみ、こね、くるくると回した。

「ん、んっ、んっ」

いじられているのは胸なのに、なぜかコンラートが入っている体の奥が、うずくように感じた。たまらなくなり、ディアデは小さく腰を揺すり始めた。

それを待って、コンラートがふいに上体を起こした。驚いたディアデが小さな悲鳴をあげる。コンラートは目の前に迫った胸に吸いついた。硬くとがった果実を甘噛みしたり、舌で転がしたり、上下に弾いたり。どうすればディアデが感じるのか、コンラートはすでに把握している。

「あ、あ、コンラート…っ」

ディアデの腰がますます淫《みだ》らに揺れ始めた。感じて感じてどうしようもなくて腰がくねってしまう、という動きだ。コンラートが軽く腰を突くと、あふれた蜜がクチュリと音を立てた。これならいける、と踏んだコンラートが、ディアデを抱いて体を返し、腕に足をかけてのしかかった。そのまま緩急をつけて腰を使う。突くたびにディアデが短く声をあげるのが可愛い。たっぷりと前戯を施したおかげで、すぐにディアデの最も奥にコンラートの先端がぶつかった。コンラートはさらに深く体を重ねると、自身を奥に押しつけたまま、ゆっくりとディアデを揺さぶった。

「ま、待てコンラートっ、あた、当たっている…っ」

「ああ」

「ま、待て、本当に…っ、と、溶け、るっ、体の、奥…っ、溶ける…っ」

「溶けてしまえばいい」

「だめだっ、本当に…っ、ああ、ああっ」

嬌声《きょうせい》が止まらなくなった。頭から足の爪の先まで、とにかく全身で感じる。先ほど味わった絶頂とはまったく違う。ひたすら気持ちがいい。まさに溶けるという感覚だ。コンラートにすがりつき、声をあげていることさえわからずに快楽に翻弄《ほんろう》される。自分を攻めるコンラートをきつく締めつけていることがわかる。ついにディアデの体がふるえているような痙攣を始めた。最後にはほとんど悲鳴をあげて、ディアデは一気に脱力した。

「…大丈夫か、ディアデ」

「……た、ましい、が……抜ける、かと、思った……」

「そうか。よかった」

コンラートは優しくディアデに口づけをし、ゆっくりと体を引いた。寝台に横になり、ディアデを胸に抱き寄せる。呼吸の整わないディアデの髪に、繰り返し繰り返しキスをした。

コンラートの腕で甘やかされながら呼吸を整えたディアデは、うむ、とうなずくと言った。

「予想外に甘美な体験だった。これなら子作りに前向きに取り組めそうだ」

甘い余韻を吹っ飛ばすディアデの感想だ。これにはコンラートも大笑いをしてしまった。

「さすがはディアデというか…っ、相手がわたしではなかったら、萎《な》える科白《せりふ》だ…っ」

「ええっ、どうしてだ!? わたしはなにも、不平不満を言ったわけではないぞ!?」

「わかっている、わかっているとも。夫婦の営みについて、最大級の褒め言葉をディアデ風に言うと、ああなるのだろう? わたしはちゃんとわかっている」

「そうか、よかった。こと男女の行為について、誤解を与えたくはないからな」

「大丈夫だ。ディアデのことは、わたしが誰よりもわかっているつもりだ。わたしはディアデを誰よりも愛しているから」

「そ、そうか…っ、あ、あり、ありがとう…っ」

「こちらこそ。わたしと結婚してくれて、ありがとう、ディアデ。生涯おまえを大切にする」

「う、うん…っ」

コンラートは求婚をした日以来、挨拶のように日に何度も愛していると言ってくれる。もう馴れたと思っていたが、営みのあとに言われるとどうにも照れる。ディアデは顔を赤くして言った。

「わ、わたし、も、おまえを愛しているぞっ」

「ありがとう。とても嬉しいし、とても幸せだ」

「そ、そうか…っ。それにしても、由緒あるザウアー侯爵家の長男が、よくもわたしのような女を妻にしたものだな」

「うん？」

「求婚をされた日からずっと考えているのだが、おまえなら、もっと美しくてたおやかな姫君をいくらでも選べただろう？」

「わたしも前から思っていたが」

コンラートはひとしきり笑うと、ふいにディアデにのしかかり、そっと紅茶色の髪を撫でながら言った。

「ディアデほど澄んだ翠玉色の瞳を持つ姫を、わたしは見たことがない。さらさらの絹糸のような髪も、揺れるたびにわたしの心を乱す。この豊かな胸も、コルセットを締めていないのに細い腰も、雪のように白い肌にも、そして、キルシェのような唇も……、すべてにわたしは惑わされる」

「コ、コンラート…っ」

「ディアデ、そろそろ自覚したらどうだ。おまえは美しい。宮廷のどんな姫君よりも、おまえが美しい」

「も、もう、いい…っ」

「まだまだ足りない」

恥ずかしさと嬉しさと照れで憤死しそうなディアデに、コンラートはうっかりと悪い笑みを見せてしまいながら、続けた。

「おまえの美しさだけに惹《ひ》かれたのではない。どんなことにも一所懸命に、一途に取り組む姿勢や、嘘はつかない、つけない真っ直ぐな心根が愛しい。裏表のない潔い性格も、自分で自分の身を守れる強さを身につけているところも、わたしを魅了してやまない。ディアデはわたしにとって、最高に素晴らしい女性だ」

「そうか、わかったから、もういい…っ」

「愛しているディアデ、愛している……」

「……っ、その口を閉じろっ」

あまりの甘さに耐えられなくなったディアデが、ガッとコンラートの頭を掴むと引き寄せて、口づけでうるさい口をふさいでやった。ところがコンラートは口づけもたっぷりと甘く、二人はなし崩しに、二度目の情交になだれこんだ。

翌朝。

夢も見ずにぐっすりと眠っていたディアデは、コンラートに頭を撫でられながら起こされた。

「ディアデ。そろそろ起きないと、朝食が昼食になってしまう」

「んん～……」

ぐうっと伸びをして、ぼんやりと目を開けた。

「……寝坊してすまない。人に起こされるなど初めてだ……失態だな」

「そんなことはないさ。昨日は結婚式だったし、一日中、あのコルセットで体を締めつけていたんだ。それ以前もずっと妃殿下が監修なさった花嫁訓練を続けていたのだし、疲れているんだよ、ディアデ」

「そのようだ。すまないが起こしてくれ……、ああ、これは本当に参ったな」

なんと、ほぼ全身が筋肉痛なのだ。こんなことは兵学校に入校した初日以来のことだ。ディアデがため息とともにそうこぼすと、微苦笑をしたコンラートが、それではここに食事を運ばせよう、と言って寝室を出ていった。ほどなくして、コンラート自身が朝食を運んできてくれた。寝台に寝台用のテーブルまで載せ、そこに食事を並べられる。まともに動けない自分が悪いのだが、こんな姫君のような扱いをされて、ディアデは戸惑ってしまった。

「な、なんだか、妃殿下にでもなった気分だ……」

「具合の悪い時は皆、寝台で食事をする。それと同じじゃないか」

「全身の痛みも、具合が悪いといえば悪いのか……」

納得したディアデは、なぜか腕まで筋肉痛で、スプーンを持つことにも苦痛を覚え、眉を寄せながらスープを口に運んだ。このディアデをここまで筋肉痛にするコルセットとは、本当に恐ろしいものだと思ったコンラートは、言いにくいことがますます言いにくくなって、自分を奮い立たせるように小さく咳払《せきばら》いをして、言った。

「その、ディアデ。あまり、言いたくはないのだが」

「どうした。王都でなにか起きたのか？　それなら早く行けっ」

「いや、そういうことではない。本当にわたしはこんなことは言いたくないのだが……、グリューデリンド妃殿下から、おまえ宛に荷物が届いている」

「……」

スープをすくったディアデの手が、ぴたりと止まった。ものすごくよくない予感に襲われる。ディアデは表情を強ばらせて、小さな声で尋ねた。

「まさか、ドレス、か……？」

「さあ……、わたしもまだ荷物をといていないからわからない……。ただ、特大の旅行用荷物箱が五つ届いている……」

「ドレスだったらどうすればいいんだ、まさかこれから毎日、妃殿下の考えてくださったドレスを着て過ごせというのか!?」

「ディアデ、まだドレスと決まったわけでは、……」

「妃殿下のご命令とあっても、わたしにはとても無理だっ、まともな呼吸もできないんだ、あんなものを着ていたら生活ができないっ」

動揺のあまりディアデは青ざめている。コンラートは、ひとまず食事をしてしまおう、なにか腹に入れれば気持ちも落ち着く、とディアデを励ました。二人で黙々と朝食をとる。おいしいはずの食事なのに、ほとんど味がわからない。それから痛む体をぎしぎしいわせて着替えをし……もちろん、シャツにズボンだ。それから二人揃って、戦々恐々としながら届けられた荷物を開けた。

「これは……」

入っていたものを取りだして、ディアデは目を見開いた。衣類は衣類だが、ドレスではなく、ディアデがこれまで着てきたシャツにズボン、上着だった。それは嬉しいが、やっぱりというか当然というか、リンディが送ってきた衣服だけあって、どれもこれも過剰に華美なのだ。ズボンはズボンでも足にぴったりしたものではなく、ふわふわ、ひらひらとしていて、穿いてるみるとまるでスカートのように見える意匠だ。シャツにも飾りボタンやレースがふんだんに取りつけられているし、上着は上着で腰のくびれまでの丈しかない。

「これは……、なんというか、変わった意匠だな……」

ディアデが呟くと、コンラートも眉を寄せてうなずいた。

「ああ。しかしグリューデリンド妃殿下がお考えになったのだから、身につけておかしいことはないはずだ。ディアデ、着てみてはどうか」

「ああ、そうする……」

とにかく飾りが多くてひらひらしているが、基本はシャツにズボンなので、ディアデも迷うことなく身につけられる。最後に丈の短い上着を着たところで、顔を輝かせたコンラートが、ああ、なるほど！　と言った。

「なんだコンラート!?」

「いや、口で言うより姿見を見たほうがいい」

そう言って使用人に姿見を運ばせた。ディアデは訝しみながら姿見を見て、コンラート同様に、なるほど！　と驚きの声をあげた。

「まるでドレスに見えるなっ」

本当にドレスのように見えるのだ。軍人歩きをすればズボンだとわかるだろうが、地獄の特訓を受けた淑女の歩きかたをする限り、とてもズボンには見えない。まったくのドレス姿だ。すごい、と感心して鏡を見つめるディアデに、コンラートが荷物に添えられていたカードを読んだ。

「妃殿下からのカードだ、読むぞ。……」

びっしりと細かい字で書かれていた内容は、要するに、大好きで大切なディアデの結婚式に参列できなかった悔しさの愚痴……一介の伯爵と伯爵令嬢の結婚式に、皇太子妃が出席することは儀礼上、できないからだ……と、その大事なディアデが、男装をするはしたない女性だと周りから言われることに我慢がならない、シスレシアのドレスを着ていなくとも、どれほどディアデが美しく素晴らしい女性であるのか、皆にわからせてやりなさい、わたしのディアデを誰にも侮辱させません、ということだった。コンラートは驚いてスカート風ズボンを見た。

「これは妃殿下が、ディアデのためにわざわざ考案してくださったズボンなのか」

「ああ妃殿下っ、ディアデは感激いたしましたっ」

ディアデは胸の前でグッと拳を握り、誇らしそうに言った。

「妃殿下はいつも、ご自分のドレスはご自分で考えていらしたのだ。人形の着せ替えも妃殿下がご自身で作っておられた。スカートに見えるズボンを考えるなど、妃殿下にとっては朝の挨拶並みにたやすいことなのだっ！」

「そうだったのか。器用なかたであられるな」

「器用なだけではないっ。このように、離れていてもこうしてわたしごときに気を遣ってくださるのだっ、なんという優しさっ。不肖《ふしょう》ディアデ、殿下の騎士ではなくなりましたが、このお心遣い、決して無駄にはいたしませんっ」

血のにじむ思いをして淑女の仕種を体に覚えこませたディアデなのに、うっかりとそれを忘れて、床に踏ん張って、遠くのリンディに約束した。

コンラートは苦笑して、リンディが自分に宛ててよこした手紙に目を通した。そこには、今後一年でディアデを非の打ち所のない伯爵夫人に仕立てる、まずは日常でも淑女の歩きかたを身につけさせるために、ドレスの裾捌《すそさば》きを覚えさせる。そのためディアデにはこちらから送る衣服を着せるように。髪も、どのような結いかたもできるようもっと伸ばし、常日頃から伯爵夫人にふさわしい髪飾りで留めること。その髪飾りはザウアー伯爵が責任を持って選び、ディアデに贈ること。小間使いの使いかたや、日々の身だしなみについては、ディアデ宛の手紙で細かく指示をしておいた。ザウアー伯爵は常に常にディアデを淑女として扱い、男というものはすべからず女性の僕なのだと覚えさせること。一年後、仕上がりを見にシスレシアへ行きます——。

「……無茶だ……無理もいいところだ……」

手紙を読み終えて、コンラートは真っ青になって呟いた。こんな恐ろしいことを、どのようにディアデに伝えればいいだろうかと悩む。ちらりと愛しい妻を窺うと、こちらもリンディからの長い長い手紙を読んでいるところだった。ああ、読み終えたら力尽きてうずくまるだろう、とコンラートが心配していると、なんとも予想外なことに、ディアデは手紙を握りしめ、方向が間違っているが、ディアデとしてはセフェルナルの方向を向いているつもりでいるのだろう、窓の外に視線を投げると、力強く拳を握りしめたのだ。

「ここまでわたしに気を遣ってくださって、ディアデは感謝に堪《た》えませんっ！　お任せください殿下っ、ディアデは決して殿下の期待を裏切りませんっ。一年後、必ずや殿下に訓練の成果をお見せいたしますっ」

「……」

ディアデの意気込みは大変なものだ。コンラートは茫然とディアデを見つめ、いやいや、いくらなんでも無理だ、と内心で呟いた。

ザウアー家は王都の北、馬で半日の距離に領地があり、そこに建つ侯爵家で、コンラートの両親や未婚の弟妹が暮らしている。コンラートは結婚をして独立したので、王都の中心部にある屋敷をザウアー伯爵家として貰い受け、そこでザウアー伯爵夫人となったディアデと暮らしていた。

「ただいま戻った」

パッヘル公爵夫人の家で行われていた午前のお茶会から戻り、ディアデは着替えのために真っ直ぐに寝室に向かった。コンラートから日々、それはそれは恭しく妻として女性として大切に扱われ、夜は夜で二晩と空けず甘美な体験を積み重ねたディアデは、全身的に女性らしい丸みを取り戻している。貴婦人らしさの特訓を受けたおかげて、所作も動作もたおやかさが身についているし、さらに軍隊譲りの姿勢の正しさが加わって、りりしい貴婦人といった様子になっていた。

今日は鮮やかな葡萄色《ぶどういろ》のスカート、に見えるズボンと、光の加減で紅葉色《もみじいろ》にも朽葉色《くちばいろ》にも見える上着を身につけている。秋を先取ったようでなんとも優雅だ。どちらの色も、この秋のシスレシアの流行になるだろうし、ケープのように見えるレースは背中側だけを裾まで長く仕立ててあって、歩くとふわりふわりと揺れて優美だ。これも、間違いなくこの秋に流行するだろう。どれもこれもリンディが考案、作成指示をした衣服だ。リンディはセフェルナルに嫁いだといっても、未だボルトア大陸の花と呼ばれる美貌を誇っているし、シスレシアにいた時は、髪の結いかたやドレスの意匠から生活様式まで、こぞって貴婦人や姫君がたが真似をしていた。つまり流行の仕掛け人だったのだ。そのリンディが、大好きで大切なディアデに恥をかかせるなど、絶対にさせないわ、という意気込みでせっせと送ってくる衣服を、ディアデは、リンディの指示のままに着て、リンディの指示のとおりに髪を結い、リンディの指示に従って宝飾品をつけて、身を飾っているのだ。

そんなディアデだから、今や王都中の女性があこがれる貴婦人となり、リンディがいなくなったことでぽっかりと空いてしまった流行の指針役に、本人はまったくなんにも考えていないのだが、据えられている状況だった。

だがそれも、屋敷へ戻るまでの間だ。

外出着から家着に着替える。日常でもリンディの言いつけをしっかりと守って、スカート風ズボンだ。結い上げていた髪をといて、以前同様、後ろで一つにまとめると、コンラートを探して食堂へ赴いた。

「コンラート、帰っているか」

「ここにいる、ディアデ。お帰り、わたしの美しい妻」

そう言って、椅子を立ったコンラートがディアデの口元に軽い口づけを落とした。なにかというといちいちキスをされるので、ディアデももう馴れた。コンラートの向かいに着くと、自分にも昼食を頼んでから、コンラートに言った。

「食事のあと、少し時間は取れるのか」

「ああ。急な呼び出しがなければ、夕方まで屋敷にいる。剣の相手をしようか？」

「頼む。今日はむしゃくしゃしているからな、おまえと思いきり打ち合いたい」

ムッ、と眉を寄せてディアデは言った。屋敷から外へ出る時は、ザウアー伯爵夫人として完璧な貴婦人をこなしているディアデだが、家に帰れば、伯爵夫人という任務も終了だ。任務にかかる精神的な疲労を解消するために、剣の鍛錬も乗馬も、体力作りで庭園を走ることも、接近戦の訓練に似た運動も、すべてコンラートがやらせてくれるので、屋敷にいる限り、ディアデは以前と変わらぬ日々を過ごせて快適だった。

コンラートが、食事をとりながら、ん？　と言う具合に首を傾げた。

「むしゃくしゃとは、どうして。パッヘル公爵夫人の茶会へ行っていたのではないのか」

「行った。来いと言われたからな。その帰り際、あそこの息子の一人に不貞の誘いを受けたのだ」

「……詳しく話せ。何番目のご子息だ」

「何番目の息子だか知らないが、髪の色を抜いて、総白髪《しらが》のような頭にしてしまった、あの息子だ」

「ルーカスだ。二十歳になったかならずの子供だ。ルーカスが、わたしのディアデに不埒《ふらち》な真似を？」

「回りくどい言いかたをしていたが、要約すると、おまえが留守の時は自分が寂しさを紛らわせてやる、いつでも呼んでくれと、そういうことを言った」

「忠告をしておこうか」

「放っておいて構わない。妃殿下直伝の『おっしゃっている意味がわからないわ』でやりすごせるし、強引に腕にふれてきたら返り討ちにしてくれるからな」

「……いつかのように、腕を折ったり、肩を外したりは、できればやめてほしいところだが」

コンラートは微苦笑をして呟いた。麗しのザウアー伯爵夫人に秋波を送ってくる男はあとを絶たないのだが、潔癖なディアデにことごとく跳ね返されている。力ずくで帳の陰に引きずりこもうとした男も数人いたが、皆、ディアデから「賊の制圧」をされて自宅療養の憂き目に遭っているのだ。

ディアデはもりもりと昼食を食べながら、眉を寄せて言った。

「人の妻に手を出そうとする男の気持ちがわからんな。そんなことを続けていたら、奥方にへし折られるというのに」

「…へし折る……？」

「そうだ。妃殿下がアルナルド皇太子におっしゃっていた。遊びが過ぎたら陽根をへし折ると。わたしなら、一度の遊びでへし折るところだ。妃殿下は誠にお優しい」

「その、ああ、そんなことを……」

なんと答えればいいからわからずに視線をさまよわせたコンラートは、ルーカスのせいで不愉快になったことはわかるが、それにしても今日のディアデは好戦的だ、と思った。

食事をすませて少し休憩したあとは、ホールで剣の手合わせをした。ディアデはスカート風ズボンを穿いていて動きに制限があるので、もちろんコンラートはハンデをつけての手合わせだ。初秋の穏やかな日がうららと差しこむホールに、カンカンと小気味よい音が響く。ディアデの精神的疲労を晴らすことが目的だから、勝負をつけることよりも、打ち合いを続けることに集中する。剣先を交わすうちにディアデの顔に笑みが広がっていき、機嫌よくディアデは言った。

「おまえにはまだ言っていなかったが、ローゼなんとかステッチという技は完璧に習得したぞ」

「それはなんだ」

「刺繍だ。あれは忍耐力と集中力を養うにはいい鍛錬だな。それから、おまえは気づいていないだろうが、おとといの晩餐会で出したデザート用の小ナプキンは、わたしが編んだレースだ」

「本当か!?　買ってきたもののように素晴らしいできばえだった」

「そうだろう、売り物にできるほどの腕前になったのだ」

「本当に素晴らしい、ディアデ」

コンラートは心から感心した。半年前まで、刺繍針もレース針も、さわったことすらないディアデなのだ。尊敬に値する上達だ。嫌気も苦労も半端ではなかったはずだが、どれもザウアー伯爵夫人として身につけておかなければならないことだから、コンラートに恥をかかせてはいけないと思い、愚痴もこぼさずに頑張ってくれているのだろう。こうしたことから、ディアデからの愛情を強く感じる。コンラートは幸福な気持ちになり、ディアデに言った。

「貴婦人のたしなみも素晴らしいが、その衣服で剣を操れるところがまた素晴らしい」

「それもこれも、おまえが好きにさせてくれるからだ。ありがとう」

ディアデはにっこりと、心からの笑みを浮かべた。

「おまえと結婚してよかった、コンラート。愛している」

「……っ」

ディアデの口から、ごくごく稀《まれ》にしか出ることのない、愛している、という言葉が出た。驚きすぎて一瞬動きの止まってしまったコンラートは、その隙を突かれて、ディアデに強く剣を払われてしまった。コンラートの手を離れた剣が床に落ち、ガラガラと音を立てて回転する。ディアデはにんまりと笑うと、剣を下げて言った。

「初めておまえに勝った」

「……ああ、負けた」

驚きの去ったコンラートも、いつもの穏やかな微笑で、降参、という具合に両手を挙げた。

「だが、ディアデに負けるのは気持ちがいい」

「そうか。これからたくさん負かせてやるぞ」

「そうしてくれ。騎士になる努力も、伯爵夫人になる努力も、なんにでもどんなことにも全力で取り組むディアデが好きだ。愛する妻に負けるのは、勝つよりも幸せな気分になる」

「殊勝だな、コンラート。おまえの妻は幸せ者だ」

非常にディアデらしい表現でコンラートに幸福を伝えると、コンラートも楽しそうにふふふと笑って尋ねた。

「さて、勝者の望みはなんだ。十年越しの勝利だ、なんでも叶える。ウルマン侯爵の馬場で見た河原毛《かわらげ》を気に入っていたようだが、譲ってもらえるように話してみようか？」

「河原毛も魅力的だが、今の望みは、丁寧にそっと寝室へ運んでもらうことだ」

「……仰せのままに、奥様」

コンラートはちょっと目を見開いて、それからにっこりと笑ってディアデを抱き上げた。

昼日中から寝台を望むとは、清廉《せいれん》なディアデらしくないなと思ったが、しかし愛しい妻から望まれることは、夫として最高に幸せだし、こんなふうに甘えてくれるディアデにも心がうずく。自然と首に腕を回してきたディアデに、コンラートは甘い微笑を浮かべて囁いた。

「愛している、ディアデ」

「うん。これからは今までの二倍、愛するように」

「うん？」

奥様の不思議な命令だ。愛情が足りていないのかと不安に思っていると、ディアデが誇らしげな、そしてとても幸せそうな笑みを浮かべて言ったのだ。

「子が生まれるらしい」

「……え？……え⁉」

「おまえとわたしの子ができたと、言っているのだ」

「……本当かっ、本当かディアデ‼　ああ、なんて素晴らしいんだ、世界が輝いているっ‼」

驚喜のあまりディアデを抱いたままその場でくるくる回りたくなったが、妊婦にそんなことをしてはいけない。さっきのディアデがどうも好戦的だったのは、妊娠の影響かと納得したコンラートは、やったーっ、なんて素晴らしいっ、すごい、すごいっ‼　と屋敷中に響く大声で言って喜びを表すと、ディアデに熱烈なキスをしてお願いした。

「ああディアデ、本当に素晴らしいっ。これからは剣も馬も禁止だ、おまえと腹の子を大事に大事に大事にしてくれっ」

「当然だ。これからは腹の子の育成を第一の優先にする」

「ああっ、感激で泣きそうだっ。わたしは今日、世界で一番幸せな男だっ」

「なにを言うか。今日世界で一番幸せなのは、おまえではなく、このわたしだっ」

ディアデはムッとして言った。負けず嫌いなディアデは、幸福度でも負けたくないのだ。たちまち大笑いをするコンラートに、大切に慎重に寝室へ運ばれる。コンラートの胸に体を預け、ディアデはうっとりとほほ笑んだ。コンラートのたくましい腕。自分と腹の中の子をしっかりと抱いてくれるこの腕を独占できることが、なによりも嬉しい。

「ザウアー伯爵コンラート。おまえの妻になれて、わたしは本当に幸せだ」

「ザウアー伯爵夫人ディアデ。あなたが妻になってくれて、本当に、本当に、幸せだ」

コンラートが深い声で答えてくれる。胸が甘いものでいっぱいになった。満ち足りるとはこういうことかと思いながら、ディアデはコンラートの頭を引き寄せ、自分から熱烈な口づけを仕掛けた。

あとがき

わーい、こんにちは、花川戸菖蒲です。

今回は、女性ならではの職業、王女の侍衛騎士を務めるディアデと、軍の花形、近衛兵隊長コンラートの恋のお話をお届けいたします。

ディアデとコンラート、と聞いて、おや？　と思ったかた、正解です。ハニー文庫さんの既刊『千年王国の箱入り王女』で、イチャイチャ主従愛を見せてくれたリンディとディアデ。『千年王国～』では王女であるリンディのロイヤルロマンスをお届けしましたが、今回は従者側、ディアデとコンラートのお話です。

二人はディアデが近衛兵学校に入校して以来の付き合いです。幼なじみですね。ディアデはリンディ一筋でコンラートなど眼中にも置いていませんが、コンラートは密かにディアデを想い続けています。ところがディアデは鈍い。コンラートにきっちりと求婚されて、やっとコンラートの気持ちに気づくディアデですが、ただの幼なじみとは結婚できないとバッキリ断ります。リンディ命のディアデに、果たしてコンラートの愛は届くのか。そしてディアデはリンディのために生きてきた人生を、自分のための人生にできるのか。今回はディアデの自立がテーマですので、そのあたりもお楽しみいただければと思います。

『千年王国〜』の時にお世話になったアオイ冬子先生、今回も美麗イラストをありがとうございます♪　実は前作の時からディアデに萌えていたので、今回はたくさんディアデが見られて嬉しいです!!　今回も原稿が遅れまくって、ご迷惑をおかけして、本当にすみませんでした!!　ありがとうございました。担当の佐藤編集長にも甚大なご迷惑をおかけしました。無事に本ができたのも佐藤編集長のおかげです。胃に穴が空いていなければいいのですが……申し訳ありませんでした。最後にここまで読んでくださったあなたへ。お色気シーンを期待してくださっていたら、あんなのですみません。ディアデを自立した一人の女性にしてあげたくて、そちらに注力してしまいました。スパルタ式マイフェアレディ？　としてお楽しみいただければと思います。

二〇一五年七月十三日

花川戸菖蒲

花川戸菖蒲先生、アオイ冬子先生へのお便り、
本作品に関するご意見、ご感想などは
〒101-8405
東京都千代田区三崎町2-18-11
二見書房　ハニー文庫
「騎士服の花嫁」係まで。

本作品は書き下ろしです

Honey Novel

騎士服《きしふく》の花嫁《はなよめ》

【著者】花川戸菖蒲《はなかわどあやめ》

【発行所】株式会社二見書房
東京都千代田区三崎町2-18-11
電話　03(3515)2311[営業]
　　　03(3515)2314[編集]
振替　00170-4-2639
【印刷】株式会社堀内印刷所
【製本】ナショナル製本協同組合

落丁・乱丁本はお取り替えいたします。
定価は、カバーに表示してあります。

ISBN978-4-576-15121-2

http://honey.futami.co.jp/

花川戸菖蒲の本

千年王国の箱入り王女

イラスト=アオイ冬子

侵略行為の報復により千年王国は崩壊。亡国の王女となったリンディの身柄は、蛮族と蔑まれるセルフェナルの皇太子アルナルドのものに…